Lourenço Cazarré

Ilustrações de Murilo Silva



# ESTAVA NASCENDO O DIA EM QUE CONHECERIAM O MAR

1ª edição
1ª tiragem
Conforme a nova ortografia

COLEÇÃO JABUTI

Editora Saraiva

**Editora Saraiva**

R. Henrique Schaumann, 270
CEP 05413-010 – Pinheiros – São Paulo-SP
Tel.: PABX (0**11) 3613-3000
Fax: (0**11) 3611-3308
Televendas: (0**11) 3613-3344
Fax Vendas: (0**11) 3611-3268
Atendimento ao Professor: 0800-0117875
Endereço Internet: www.editorasaraiva.com.br
E-mail: atendprof.didatico@editorasaraiva.com.br

**Revendedores Autorizados**

**Aracaju:** (0**79) 3211-8266/3211-6981/3213-7736
**Bauru:** (0**14) 3234-5643/3234-7401
**Belém:** (0**91) 3222-9034/3224-9038/3241-0499
**Belo Horizonte:** (0**31) 3429-8300/3429-8310
**Brasília:** (0**61) 3344-2920/3344-2951/3344-1709
**Campinas:** (0**19) 3243-8004/3243-8259
**Campo Grande:** (0**67) 3382-3682/3382-0112
**Cuiabá:** (0**65) 3901-8088/3901-8087/3901-8089
**Curitiba:** (0**41) 3332-4894
**Florianópolis:** (0**48) 3244-2748/3248-6796
**Fortaleza:** (0**85) 3238-2323/3238-1331
**Goiânia:** (0**62) 3225-2882/3212-2806/3224-3016
**Imperatriz:** (0**99) 3525-2913
**João Pessoa:** (0**83) 3241-7085/3222-4803
**Londrina:** (0**43) 3322-1777
**Macapá:** (0**96) 3223-0706/3223-0715
**Maceió:** (0**82) 3221-0825
**Manaus:** (0**92) 3633-4227/3633-4782
**Natal:** (0**84) 3611-0627/3211-0790/3222-1158
**Porto Alegre:** (0**51) 3371-4001/3371-1467/ 3371-1567
**Porto Velho:** (0**69) 3223-2383/3221-2915/3221-0019
**Recife:** (0**81) 3421-4246/3421-4510
**Ribeirão Preto:** (0**16) 3610-5843/3610-8284
**Rio Branco:** (0**68) 3224-3125/3224-7094/3224-3432
**Rio de Janeiro:** (0**21) 2577-9494/2577-8867/ 2577-9565
**Salvador:** (0**71) 3381-5854/3381-5895/3381-0959
**Santarém:** (0**93) 3523-6016/3523-5055
**São José do Rio Preto:** (0**17) 3227-3819/ 3227-0982/3227-5249
**São José dos Campos:** (0**12) 3921-0732
**São Luís:** (0**98) 3243-0353
**Serra:** (0**27) 3204-7474/3204-7483
**Teresina:** (0**86) 3221-3998/3226-1956/3226-1125
**Uberlândia:** (0**34) 3213-5158/3213-6555/3213-4966



Gerente editorial: ROGÉRIO GASTALDO DE OLIVEIRA
Editora-assistente: KANDY SGARBI SARAIVA
Auxiliares de serviços editorias: MARI KUMAGAI/ RUTE DE BRITO
Estagiário: DANIEL DE OLIVEIRA
Produtor gráfico: ROGÉRIO STRELCIUC
Gerente de Artes: NAIR DE MEDEIROS BARBOSA
Coordenação editorial: VERBA EDITORIAL
Projeto gráfico e capa: ROSANA MARTINELLI
Suplemento de Trabalho: VERBA EDITORIAL
Preparação de texto: JULIANE KAORI
Revisão: RENATO POTENZA RODRIGUES/ GABRIELA MORANDINI

**Dados Internacionais de Catalogação na Publicação (CIP)**
**(Câmara Brasileira do Livro, SP, Brasil)**

Cazarré, Lourenço
Estava nascendo o dia em que conheceriam o mar / Lourenço Cazarré ; ilustrações Murilo Silva. — São Paulo : Saraiva, 2011. — (Jabuti)

ISBN 978-85-02-13294-8 (aluno)
ISBN 978-85-02-13295-5 (professor)

1. Ficção — Literatura juvenil I. Silva, Murilo. II. Título. III. Série.

11-08195 CDD-028.5

**Índice para catálogo sistemático:**
1. Literatura juvenil 028.5



Impressão e Acabamento Assahi Gráfica e Editora.

# Rompantes

Entre o momento em que o médico de olhos frios lhe disse que seu neto, luz de sua longa existência, teria pouco tempo de vida e a conversa que travou com o louco, já noite fechada, o velho Fulgêncio viveu horas ruins e penou uma barbaridade.

Perambulou durante o dia todo, sem um só segundo de descanso, nem no corpo nem na alma, perseguido por pensamentos dolorosos que lhe chegavam como golpes de chicote. O tempo todo deixou-se açoitar, calado, sem reação, como besta de carga.

De noite, quando retornava ao hospital, vindo da antiga estação ferroviária, ocorreu-lhe de estalo a ideia maluca. Sem refletir, aceitou o desatino e sentiu que sua alma serenava naquele mesmo instante.

*Aí, me baixou uma paz que nem lhe conto.*

De manhã, pouco depois de ter sabido que o guri estava desenganado, tivera um acesso de raiva. Logo ele, que era um elemento pacato. Chegou a bater com a mão fechada no peito, desafiante. Enfrentaria Deus e o Diabo, se aparecessem por perto. Rosnou um nome feio, cuspiu, mas aquilo não se sustentou por muito tempo. Logo abaixou a crista.

*Não sou indivíduo que se dê ao luxo de ter rompantes.*

De tão perturbado que ficou, caminhou meio que sem destino, ora se arrastando como um pesteado, ora apressado como quem vai tirar o pai da forca, mas sempre com um brilho intenso nos olhos.

*Quem me encarasse, via que eu atravessava grande turbação.*

Depois, quando o guri lhe pediu que buscasse a camiseta do time de basquete, tornou a caminhar, mas aí com destino certo. Atravessou a cidade de ponta a ponta, a pé. Lembrava bem que, ao cruzar pela praça do centro, vendo um bando de velhos sentados sob as árvores, até sentiu vontade de se abancar por uns minutos.

*Meu corpo pedia arrego.*

Mas não se deteve. Foi em frente e aguentou bem o estirão até a casinha em que morava com o neto. Mal entrou, já estava de volta à rua. E, em seguida, no mesmo trote, voltou ao hospital. No total, uma caminhada de mais de vinte quilômetros. Proeza que muita gente moça enjeitaria.

*É isso mesmo: fui e voltei de pernada.*

Não pegou ônibus nem na ida nem na volta porque não lhe pareceu decente que um cidadão com um neto à beira da morte pudesse entregar-se àquele desplante.

*Seria um deboche com a pobre criança.*

Andava numa passada macia e vagarosa, mas de vez em quando, ao sentir que pensamentos ruins se aproximavam, abria o compasso. Tentava não dar ensejo a que eles se chegassem, deixava-os para trás.

## Água

Em certo momento, sem mais nem menos, lembrou-se do que um dia lhe dissera sua mãe, que era meio bugra:

— Pega teu choro e joga no arroio, que a água leva ele embora.

Na época, não passava de um piá. Havia cravado bem fundo na polpa da mão um espinho ao preparar um arco para flechar passarinhos. Sim, arco, porque achava mais engraçado derrubar os bichos a flechada do que acertá-los a pedrada. Desbastava um galho quando se feriu.

Entrou chorando no rancho em busca de socorro e consolo, mas a mãe lhe disse aquilo. Então ele foi até a beira do córrego, arrancou com os dentes o espinho que trazia enterrado no acolchoado da mão e o cuspiu na água esverdeada.

Para se livrar daquela recordação amarga, sacudiu os ombros e se recriminou.

*Para de pensar bobagem, homem velho, que tu sempre teve siso.*

## Sofrimento

Uma coisa era mais do que certa: não podia se entregar ao desespero. A situação era feia? Era. Tinha saída? Não tinha. De qualquer modo, precisava achar um jeito de safar-se daquele poço escuro.

A solução que resolve todos os problemas é a morte. Mas ele não podia simplesmente se dependurar pelo pescoço num galho de umbu como costuma fazer essa gente do campo.

— Por que é o meu guri que tem de morrer?

Sabia muito bem que Deus pode tudo. Sabia que Ele, quando quer tirar a vida de alguém, tira e não dá muita explicação. Tira porque tira, e pronto. Mesmo assim não se consolava. Achava que o caso dele era diferente. Uma frase brotou-lhe dos lábios:

— O Senhor tá me tomando a única coisa que me dá alegria.

Impressionou-se por um instante com aquele argumento. Era seguro que, com ele, encurralaria

Deus, que não teria como retrucar. Logo, porém, desiludiu-se.

*Não, não, Nosso Senhor não se entrega assim no mais. Sem dúvida, Ele diria: "Mas, bah, quem é tu, Fulgêncio dos Santos, pra ter direito a alegria nesta vida?".*

Deus estava certo. Ele, Fulgêncio, era um velho de bosta. Um nada, um ninguém, um nenhum.

Mas e o guri?

O piá era outra coisa. Inteligente, educado e bonito. Estava com apenas onze anos e era muito curioso, vivia interessado em descobrir e conhecer tudo.

*E o Senhor sabe muito bem que o que mais tem nesse mundo é coisa bonita pra se ver...*

Envergonhou-se de ter bolado outro raciocínio tão fraco porque qualquer coió sabe que o que mais existe nessa terra é miséria e sofrimento. Além disso, de onde buscava soberba para bater boca com Deus? Tinha que se mixar.

*São muitos os dias hoscos na vida de um velho como eu, mas o de ontem não tem parecença com nada.*

## Engano

Como sempre, saíra do quentinho da cama às cinco.

Era hábito antigo, que trouxera do campo. Escutando rádio, tomou mate até perto das seis horas. Emo-

cionou-se com a Ave-Maria recitada por um locutor que tinha um vozeirão de primeira qualidade. Depois, virou uma caneca de café-preto com pão barrado de banha.

Fez tempo até as seis e meia quando se mandou para o hospital. Uma puxada de hora e pico de caminhada, levada na maciota. Gostava de andar com suas próprias patas, ainda mais de manhã cedo quando o ar era mais fresco.

Chegou lépido e faceiro à portaria do hospital e perguntou à atendente se ela sabia em que quarto se encontrava internado um rapazinho chamado Anderço dos Santos.

— Vá até o bloco cirúrgico, que lá o senhor consegue mais informações.

O velho meio que se desarvorou:

— Bloco cirúrgico? Mas, pelo que me disseram, o guri só ia fazer uns exames agora de manhã.

— O que eu tenho aqui na minha papeleta é isso: bloco cirúrgico. O senhor não sabia que ele tava de operação marcada?

— Nem desconfiava.

— Pergunte por lá. Pode ser que haja um engano. Eu só sei o que tá escrito aqui.

De pernas bambas, Fulgêncio enveredou pelo corredor central. Aquele hospital era danado de grande por dentro. Gaguejando, pediu informação a uma enfermeira apressada. Penou um bocado, mas acabou achando o tal de bloco cirúrgico.

Na acanhada saleta de espera, acomodou-se num banco de madeira e ficou observando a porta de vaivém que dava ingresso às salas de operação. Por um bom tempo não entrou nem saiu ninguém por ali.

## Lerdeza

Lá pelas tantas escutou um ringido de rodinha mal azeitada. Viu então surgir, vinda do corredor, uma maca. Não deu outra: quem estava deitado nela era seu neto, sorridente, de cabeça levantada.

— Torce por mim, vô!

A passagem do guri foi num tapa. Empurrada por uma enfermeira alemoa, a maca fez uma leve curva para a direita e a sua parte fronteira bateu contra as duas portinhas que se abriram num estrondo. O velho não reagiu, não disse palavra — a língua pesava-lhe dentro da boca — e nem se levantou.

*Fiquei aplastado no banco.*

O máximo que conseguiu fazer foi sacudir o pescoço para trás como galo bebendo água. Até tentou sorrir, mas a emenda ficou pior que o soneto: saiu-lhe uma careta.

Além da alemoa, que tocava a maca, havia outra enfermeira, uma morena gordinha, que vinha de mão dada com o guri.

*Bem que elas podiam ter parado um instantinho pra eu beijar o piá.*

Foi só muito depois de a maca ter sumido por trás

das portinhas de vaivém, que continuaram tatalando, que o velho conseguiu desengasgar:

— Tô torcendo por ti que nem louco!

Certamente o menino não escutou aquela frase, porque já devia estar longe dali, mas o velho se deu por satisfeito de ter pronunciado aquelas palavras de incentivo. O problema tinha sido a lerdeza.

*O sujeito idoso fica de faísca atrasada.*

## Lembranças

Pouco depois, aconteceu-lhe uma coisa estranha.

De repente, do nada, sentiu a presença do velho Boré, seu avô, falecido havia mais de sessenta anos. Não tinha encosto com macumba, mas julgou perceber no ar frio da saleta até o mesmo cheiro de picumã que vinha do bigode fininho do falecido. Arrepiou-se com um calafrio no pé do cangote.

*Meu avô vivia com um cachimbo de taquara pendurado nos beiços.*

Gostava de aspirar a catinga de fumo do avô quando o velho o pegava nos braços para lhe contar umas histórias em língua de índio que ele, miúdo, não entendia.

*O pobre teve um fim triste.*

No final da vida, o velho não dizia coisa com coisa,

andava pelos cantos como alma penada falando sozinho. Tudo por causa do falecimento de sua mulher. Viveram juntos anos e anos até que a velha se finou. Numa certa manhã, ela simplesmente não se levantou. Disse que estava meio constipada. Daquele dia em diante não deixou mais as cobertas. A morte foi coisa de semanas.

*O velho não atentava pra mim quando eu puxava assunto com ele.*

Passou um tempão sentado no banco duro pensando no avô. Nos últimos tempos, cada vez mais, via-se esporeado por lembranças antigas, fatos acontecidos quando ele próprio não passava de um gurizinho.

Por quê? Ora só podia ser porque ele, velho daquele jeito, estava cada dia mais nas proximidades da morte.

*Meu avô morreu com muito menos idade do que eu tenho hoje.*

## Imprestável

Com um suspiro fundo e umas palmadas sonoras nas coxas magras, livrou-se do fantasma do avô. Tinha era que pensar no futuro. Fechou os olhos e reviu o neto passando na maca, ladeado pelas enfermeiras gorduchas, confiante, sorrindo.

*O peste do guri tem o jeito de rir do povo da minha família.*

Na cara achinesada dos Santos, quando sorriam, os olhos rasgados iam se fechando ao mesmo tempo que as bochechas se empinavam. Sim, ele e o guri riam de modo idêntico. Notara isso num espelho quando compravam um guarda-roupa numa loja de móveis usados.

*Agora, tem uma coisa: na pele, o piá puxou a mãe dele, que era bem clarinha.*

De repente escutou um ruído. Era, sem dúvida, um rangido de maca, e vinha do interior do centro cirúrgico.

Para ajeitar-se no banco, deu um prumo tão rápido no espinhaço que até sentiu uma pontada nos quartos. Ficara vergado por muito tempo, com os cotovelos cravados nos joelhos e as mãos sujeitando a cabeça.

*Ossamenta de idoso acusa qualquer movimentozinho mais brusco.*

As portas de vaivém se abriram de golpe e deram passagem à maca vazia, impulsionada pela mesma enfermeira loira. Como antes, a morena vinha ao lado. Pareceu a Fulgêncio que as duas mulheres estavam mais apressadas ainda do que na chegada.

Sentiu comichão de indagar se a operação ia demorar ou se ia ser no ligeirão, mas, diante da cara fechada das duas, não conseguiu se levantar.

*Mesmo que me pusesse em cima dos cascos, eu não teria peito de falar com elas.*

Era um velho trouxa que se confundia todo quando falava com gente importante.

*Quem manda ser bobo?*

Desassossegou-se. Se a cirurgia fosse coisa pouca, na certa as enfermeiras teriam parado para trocar uma prosa. Se não abriam o bico, é porque a coisa era feia. Lamentou-se por não tê-las interpelado. Deveria ter feito uma perguntinha no mínimo:

— Quanto tempo consome a operação?

Mas nem para isso servia. Era um imprestável.

## Dorzinha

Dali em diante o tempo arrastou-se.

Pensou em bater na porta de vaivém para pedir explicação a quem aparecesse, mas não teve coragem.

Cogitou procurar as enfermeiras que tinham carregado o guri na maca, mas não se mexeu do banco.

Ora, se tivesse trazido seu radinho de pilha, teria com o que se entreter.

*Sou louco por rádio. Gasto uma banana em pilhas!*

Em casa, atravessava o dia de aparelho ligado. No quarto, na sala, na cozinha, fosse onde fosse, estava sempre de orelhas em pé, escutando. Se capinasse na horta ou se lagarteasse na soleira do pátio, pendurava o aparelho na pitangueira.

Naquela manhã, ao sair rumo ao hospital, até pensara em carregá-lo, mas achou que devia ser proibido escutá-lo no hospital. Imaginou até que as enfermeiras pudessem requisitar o aparelho de quem burlasse a proibição.

E se lhe tomassem definitivamente o rádio?

*Dinheiro pra comprar outro, assim de supetão, não tenho.*

Pensando bem, se fosse um homem esperto, o que ele não era de jeito nenhum, poderia ter trazido tranquilamente o radinho. Bastava colocá-lo no bolso de dentro da jaqueta e puxar o fone até o ouvido.

Mas e se fosse surpreendido pelas enfermeiras?

Talvez nem lhe tomassem o aparelho, mas uma coisa era mais do que certa: no mínimo elas lhe passariam um pito em público.

*Bah, eu ia morrer de vergonha.*

Não gostava de enfermeiras.

*Eta raça prepotente!*

Para ele, Fulgêncio, não havia profissional fardado que gostasse mais de dar sermão do que enfermeira.

*Vivem enxotando as pessoas de um lado pra outro. "O senhor não pode ficar aqui!" "Por favor, desencoste da parede!" "Vá conversar lá fora, pelo amor de Deus!" Elas falam como se a gente fosse boboca total.*

No entanto, reconhecia que, às vezes, as enfermeiras até que tinham razão porque há nesse mundo muita gente que dá nos nervos de tão sonsa.

*Tem cidadão que não sabe se comportar nem em hospital.*

Resumindo, resolvera não trazer o rádio por dois motivos: porque se pelava de medo das enfermeiras e porque nem desconfiava de que o guri seria operado. Aliás, achava que não ia esquentar assento. Era esperar que o neto fosse examinado e pronto, pegariam o ônibus para casa.

Fazia tempos que o guri vinha se queixando de uma dorzinha que lhe subia da boca do estômago até perto do queixo. Dizia que nem doía muito, mas que era uma coisinha chata. O velho pensou no começo que fosse resultado do crescimento, porque o piá vinha espichando todo mês, perdendo roupas.

No dia anterior, haviam se apresentado no hospital por volta das duas horas. O guri foi submetido a uma batelada de consultas e exames que se estendeu pela tarde toda. Quando o velho achou que a coisa estava acabando, um enfermeiro veio com um papel e lhe disse que aquilo era uma autorização para que o garoto fizesse outros exames, mais pesados, na manhã do outro dia. Assinou sem ler. Demoraria muito para deletrear tudo aquilo e na certa não compreenderia as palavras mais compridas.

*Só depois eu fui entender que era autorização pro guri entrar na faca.*

## Estupor

Então, lá pelas tantas, as portas voltaram a se abrir e pelo meio delas saiu um homem alto, barrigudo e careca.

Era um dos médicos que no dia anterior haviam examinado o guri.

O velho se levantou com um sorriso estampado na cara porque lhe parecia que somente uma operação bem-sucedida podia durar tão pouco tempo.

— Como é que foi a coisa, doutor?

O médico, de olhos claros como água gelada, não

respondeu de imediato. Retirou os óculos com a mão direita e esfregou longamente o rosto com a esquerda, como se ganhasse tempo para localizar umas palavras difíceis.

— Ontem eu não quis preocupar o senhor, mas já sabia que era caso de cirurgia.

Achando que o médico não ia dizer mais nada, o velho agradeceu com frases gaguejadas. Resumindo, disse que não teria dormido direito se soubesse que o neto seria submetido a uma cirurgia. E indagou:

— Mas, me diga: como é que foi a operação?

Num só movimento, o médico recolocou os óculos, levantou os olhos para a lâmpada e encheu o peito de ar. Depois, soltou o ar num sopro demorado. Cruzou os braços por cima da barriga e, baixando o olhar para um ponto qualquer atrás da cabeça do velho, disse:

— Vou ser direto. Eu abri o guri e fechei.

— Como assim, doutor?

— Eu não tinha mais o que fazer. O corpo tá tomado...

— Tomado?

— Todo tomado pela doença.

Fulgêncio deu um passo para trás, como se tivesse recebido um coice de mula no peito. Todo tomado pela doença. Recuou empurrado pela força daquelas palavras. Todo tomado pela doença.

Olhou impressionado para o doutor. Aquele não era um homem de jogar conversa fora. O que tinha de dizer ele dizia na tampa.

O médico estendeu o braço, levou a mão de longos dedos ao ombro magro do velho e falou:

— O guri tem muito pouco tempo de vida.

— Quanto?

— Com criança, nunca se sabe.

Deixou-se cair sentado no banco, sempre com os olhos cravados no médico. O homem dissera tudo o que tinha de ser dito e já estava louco para ir embora dali. Não ficou com raiva do doutor, não. Entendia a situação dele. Sabia que os médicos estão sempre correndo de um hospital a outro, de um leito a outro, atazanados, porque coisa que não falta neste mundo é gente adoentada.

Tinha até pena deles. Por passarem a vida anunciando infortúnios, ficavam insensíveis. Chegavam e já iam logo abrindo o jogo, para a parentada ir se acostumando com a verdade.

Aquele médico nem mencionara a doença, mas o velho sabia muito bem qual era a enfermidade cujo nome ninguém gosta de pronunciar.

Lentamente, vergou o espinhaço. Desceu os olhos para a cerâmica.

Se alguém o visse daquele jeito, com os olhos esbugalhados e as feições endurecidas, diria que ele havia descoberto um bicho espantoso andando pelo chão.

O que mais o intrigava naquele instante era o seu estupor, a sua falta de reação. O doutor lhe informara que o guri estava morrendo e Fulgêncio não conseguia dizer nem água nem sal. Ficara abobado, sem chorar e até mesmo sem sentir tristeza.

E o médico arrematou o causo:

— Se é que eu posso lhe recomendar alguma coisa, deixe o moleque fazer tudo o que ele quiser. Se não quiser ir mais à escola, tudo bem.

## Culpa

Ao erguer o rosto, o velho mal teve tempo de ver o esvoaçar do rabo do jaleco do médico, que sumia por trás das portas que se fechavam.

Naquele momento, deu-lhe na veneta uma grande loucura: correr até o cirurgião, ajoelhar-se diante dele e beijar-lhe as mãos. Tinha muita consideração por tudo quanto era médico, mas admirava mesmo os que operavam.

*Sabe o que é abrir uma pessoa pelo meio, cortar fora o que tá estragado e depois costurar de volta?*

Queria agradecer ao doutor por ter tentado salvar o guri. E também pelo seu bom coração, porque, mesmo sabendo no dia anterior que ia ter de operar, não lhe dissera nada, para poupá-lo da angústia.

Levantou o traseiro do banco de madeira, mas não ergueu o espinhaço. Ficou meio dobrado como se estivesse carregando um saco de cimento na cacunda.

Devagar, arrastando os pés, foi até a porta de vaivém, mas não fez um só gesto para abri-la. Tentava escutar pelo menos o som das passadas do médico lá dentro, porém não ouvia nada.

*Povo de hospital pisa macio.*

Sentiu o coração num galope forte. O corpo tomado pela doença. O médico fizera o possível. Pensou que, se quisesse mesmo pagar aquele favor, teria de beijar os pés do doutor.

*Veja como eu estava alterado!*

Então o Diabo lhe roncou nas tripas:

— Por que vais te jogar aos pés desse homem, Fulgêncio? Ele nem tentou operar o teu guri. Abriu e fechou.

O velho não afinou para o Capeta:

— A culpa não é do doutor, ele cumpriu sua obrigação.

— Ora, se a culpa não é dele, é de quem? É do vento? Ora, deixa de ser pamonha! É claro que Deus é o culpado! Se quisesse, bem que Ele podia ter evitado a doença do teu neto.

Sentiu uma necessidade urgente de sair daquela saleta apertada. Ali, sufocava.

## Percalços

Ao ganhar o corredor, forçou os ombros para trás e empinou a cabeça, porque não podia se arrastar por ali como se fosse um corcunda.

Tinha também de sujeitar o pensamento. Nunca fora homem de ter ideias doidas, como aquelas de beijar as mãos do médico, de beijar-lhe os pés. E não era cidadão de ficar querendo saber de quem é a culpa pelo que acontece pelo mundo. As coisas são como são. Acontecem e está acontecido.

*No geral, não sou de matutar.*

Em casa, distraía-se com os deveres do dia: fazer a comida para os dois, lavar a louça, planchar as roupas, passar uma vassoura pelo chão. Também gastava boa parte do tempo no pátio esgaravatando os canteiros.

*Pra viver bem, basta ter o corpo funcionando nos conformes.*

Sua vida transcorria tranquila e serena. Seu prazer era só um: escutar rádio. Quando nada tinha para fazer, sentava-se no portal da casa e ficava movendo o dial de uma estação a outra. Espantava-se com o grande número de emissoras que existem hoje em dia.

Mas ali, no hospital, sem rádio, com tantas ideias pipocando-lhe na cabeça, desarvorou.

*Fiquei desnorteado com aquela notícia ruim. Não estou acostumado a enfrentar situações encrencadas.*

Tivera momentos ruins como toda gente, sim, mas esses percalços estavam tão para trás no tempo que ele nem se lembrava mais direito de como era sofrer de verdade.

Nos últimos anos, só uma questão o inquietava: morreria antes que o neto tivesse idade para cuidar da própria vida? Precisava aguentar-se vivo para vê-lo crescer, pelo menos até que chegasse à faculdade.

*Quem tem mais idade, como eu, sente que a morte tá sempre rondando pela volta.*

O guri tinha futuro, isso tinha, sim, porque era espertíssimo uma enormidade. Mas ele, Fulgêncio, era um velho sonso. Não possuía miolos treinados por causa da vida simples que levara. De casa para o trabalho, do trabalho para casa. Nunca frequentara praça ou boteco. Nem papeava com vizinhos. Por isso a conversa com o médico quase o botara doido.

"Eu abri o guri e fechei. O corpo tá tomado... Todo tomado pela doença."

Aquelas frases, dançando-lhe dentro da moringa, não lhe davam refresco. Dias antes só se preocupava com sua própria morte, mas não muito. Era um sujeito resistente e, apesar de magro, moléstia não pegava nunca. Porém, quando o doutor lhe disse aquilo, que seu neto iria embora antes dele, sentiu que o mundo virava de pernas para cima.

*Aí, eu acusei a patada.*

Ao dar de cara com a portaria do hospital, saiu sem responder ao até logo da moça que o enviara ao bloco cirúrgico.

## Silêncio

No ar livre, um manancial da raiva inundou-lhe o peito.

Alevantou o queixo, rosnou e cuspiu. Possesso, com as vistas chamejando, olhou em volta com ganas de desacatar alguém. Saiu a passos largos, bufando, mas não viu a quem pudesse fazer uma desfeita. Sentiu vontade de deixar-se matar numa briga de faca.

Quando o acesso de cólera amainou, o que aconteceu logo, ele foi invadido por uma tristeza que era como uma torquês que lhe apertava o bucho de um jeito tal que ele se vergava para diante.

Parou numa esquina batida pelo vento. Sentiu que as gotas de suor que trazia na raiz dos cabelos da testa secavam rapidamente. O engraçado é que, apesar do peito incendiado, estava com os pés e as mãos gelados. Sapateou, esfregou uma mão na outra. Olhou para o céu.

*Era um dia mui lindo, um despotismo de céu azul, mas estava frio por causa da aragem que vinha do rio.*

Quando pequeno, achava que o vento e o frio eram uma única e mesma coisa compacta que se movia com fúria pelos campos, mas que também se atocaiava no meio dos matos.

*Nunca na vida eu gostei de frialdade.*

Resolveu movimentar-se. Caso ficasse estaqueado ali, seria acossado pelas palavras do médico, e teria de refletir sobre elas. Andando a esmo, chegou à rua que nascia na lomba atrás do hospital e que descambava até chegar à praça do porto.

*Não tenho religião. Fui criado no mato e lá não tinha igreja. Meu pai era um homem bruto, não gostava de padre. Dizia ele: não me fio em macho que se veste como fêmea. A minha mãe até sabia umas orações, mas nunca rezava na frente do pai. Tinha medo da fúria dele. Por isso me criei sem Deus. Ontem, quando saí do hospital, eu até pensei: por que é que Ele veio rancoroso pra cima de mim? Vai levar o meu neto a troco de quê? Raiva de mim Ele não deve ter. Se fiz alguma coisa errada, por que Ele não descontou em mim mesmo? No meu entender, a peleia tinha que ser comigo. Não podia ser com o guri, um inocente.*

Para fugir daquela reflexão dolorida, o velho concentrou-se nos sons que o rodeavam. Escutou um motor de automóvel roncando, ouviu um barco apitando no rio e percebeu que havia um rádio ligado nas redondezas.

*Numa cidade nunca se tem o silêncio total. Eu me criei pra fora, numa estância. Lá, sim, de vez em quando, batia um silêncio que dava gosto de ouvir. Era silêncio que chegava a doer nos ouvidos da gente.*

Espichou os olhos pelo declive. Rua mais sem graça. Era reta como se tivesse sido aberta por uma enxada gigante, puxada com gana. Lá no final, escurecidos pela ferrugem, os guindastes do porto pareciam grandes louva-a-deus.

*Andando por aquela rua, senti uma coisa ruim: era como se alguém estivesse com a mão no meu cangote, me empurrando pra baixo.*

Não encarava as pessoas, mas escutava com atenção as palavras soltas que eram pronunciadas pelos que se aquentavam nas soleiras das casas e nas portas dos bares. Irritou-se com duas velhas, uma de cada lado da rua, que trocavam frases gritadas por cima do calçamento.

*Preguiçosas! O que custava atravessar a rua pra prosear um pouco?*

## Basquete

De repente viu-se passando pela frente de uma escola. Era hora do recreio, a gurizada brincava no pátio.

Parou e agarrou-se às barras de ferro. Na quadra de esportes, um bando de garotos jogava futebol. Aparentemente não havia divisão de times, já que todos corriam feito loucos atrás da bola.

Logo seus olhos foram atraídos por um menino alto e magro que estava atirando uma bola de basquete numa cesta que ficava por cima de uma das goleiras.

*A gurizada do futebol passava por ele se empurrando, gritando, mas ele nem se perturbava. Continuava encaçapando.*

Quando tocou a sineta, anunciando o final do recreio, alguns dos futebolistas comemoraram ruidosamente a vitória enquanto outros reclamaram indignados.

Suarentos, discutindo acaloradamente, trocando empurrões e cotoveladas, os garotos encaminharam-se para o edifício. O último a entrar foi o magrão que levava debaixo do braço a bola de basquete.

*Nunca fui de bola. Nunca joguei na minha vida. Quando eu era pequeno, lá fora, a gente se divertia era nadando, matando passarinho e andando a cavalo. Jogo de bola nunca me chamou a atenção. Mas uma vez, e faz pouco tempo, eu fui ver uma partida de basquete na escola do guri. Ele me arrastou até lá. Fez uns quantos pontos. Até acertou uma cesta de longe. E agora, não tem nem uma semana, ele me disse que estava se preparando pra disputar uma peneira num clube.*

Quedou-se diante da escola por um tempo muito demorado porque estava como que algemado à grade e não conseguia arrancar-se dali.

Por que não era o seu neto que estava jogando a bola naquela cesta?

Quem decide que um determinado menino pode brincar no pátio de um colégio e outro, magro e alto igual a ele, precisa ficar internado num hospital?

Sacudiu com força a cabeça para se livrar daquelas perguntas sem fundamento.

*O guri aprendeu a gostar de basquete assistindo televisão na casa da vizinha. A tevê dela pega até os jogos dos americanos.*

O piá ficava doido quando havia partida importante. Nem comia direito. Torcia por um time que usava uma camiseta verde com um letreiro branco no peito.

Decorava o nome e a altura de todos aqueles jerivás negros. Conseguia descrever partidas inteiras, sabia o tanto de pontos que cada jogador havia marcado.

*Não faz nem três meses que eu fui com ele no centro comprar a camiseta. Cara pra chuchu.*

O garoto não era pedinchão. Desde pequeno, ficava contente com qualquer brinquedinho no Natal, mas a situação mudou depois que ele se engraçou pelo basquete. Passou a querer coisas de valor. Nunca pedia nada diretamente, não. Jeitoso, só insinuava. Dizia: "Ah, vô, se eu tivesse uma bola, bem que podia treinar aqui em casa mesmo".

Antes de tudo, coisa de ano e pouco antes, comprou a bola, que era bem custosa, mas bonita, de gomos brancos, vermelhos e azuis. Aliás, Fulgêncio não entendia como uma bola pesada como aquela não arrebentava os dedos da gurizada.

Em seguida, foi a vez da redinha de pendurar na parede, que saiu por uma ninharia.

Aí, chegou a hora do tênis. Esse, sim, custou um verdadeiro absurdo, por causa de umas molas que tinha por baixo da sola, molas que serviam para dar impulso, para fazer o guri saltar mais alto.

Ainda bem que ele, Fulgêncio, tinha crédito na praça. Só por isso pudera fazer com gosto as vontades do neto, que era merecedor.

*Não é pra me gabar, mas o guri sabe falar bem pra burro. Usa palavras difíceis que aprende nos livros. E re-*

*solve tudo quanto é conta de cabeça. Tem outra coisa importante: é educadinho. Respeita as pessoas mais velhas. A vizinha diz que eu sou avô coruja porque só tenho o guri de neto. Não é nada disso. É que o rapazinho vale a pena.*

Por fim, arrancou-se da frente da escola.

## RIO

Aquela piazada correndo pelo pátio atiçara-lhe no espírito imagens do neto. O guri sentado na mesa da sala fazendo o dever, mordiscando a tampa da caneta. O guri batendo a bola no cimento do pátio e, a seguir, jogando-a na cesta que ele, Fulgêncio, dependurara no alto da parede. O guri ainda bebê chorando que nem um bezerro desmamado. O guri chegando de maca ao centro cirúrgico.

Sentiu um calorão no rosto e um aperto no peito. Seu neto estava à beira da morte. Não podia acreditar, mas o doutor garantira. Era coisa para pouco tempo. Lembrava-se dos olhos frios do médico, da cara fechada dele. Nem tinha operado. Abriu e costurou na mesma hora.

Para distrair-se, observou atentamente as pessoas que passavam por ele. Viu meia dúzia de mulheres que voltavam da feira puxando seus carrinhos de verduras. Viu uns homens com jeito de aposentados diante de suas casas fumando e cuspindo. No geral, só velharia, gente carrancuda olhando para o chão ou para lugar nenhum.

*A juventude vai embora. Metem o pé na estrada e vão caçar emprego em outro lugar. Hoje em dia todo moço quer comprar um auto e um telefone desses de levar no bolso. Acho normal. Também o meu neto ia acabar se bandeando, porque isso de jogar basquete é só fora da nossa cidade.*

Não, o guri nunca ia ser na vida o que mais desejava, que era ser jogador de basquete.

Encheu e esvaziou ruidosamente os foles do pulmão. Daria uma mão de dinheiro, se o tivesse, para poder desligar o maquinismo do cérebro. Bom mesmo era entregar-se inteiramente às tarefas sem sal do seu dia a dia em casa e no pátio.

*Atravessar um dia de ponta a ponta com a cabeça limpa deixa a gente com a sensação de vida ganha.*

Inventou então de observar a própria sombra no chão, mas, para que as pessoas não notassem aquilo e pensassem que ele estava matusco, vigiava de rabo de olho. Era engraçado. A sombra ligeira se encompridava, se encolhia e de repente se misturava com o vulto de um cachorro, de um poste, de um passante.

*A sombra vive se arrastando pelo chão, mas não sofre.*

Enveredou por uma rua lateral, que o levou à estradinha de terra que costeia o rio. Lá, atravessou um terreno baldio e chegou até junto das águas barrentas. Inspirou com gosto o bafo do rio. Agachou-se e passou a mão pelos juncos flexíveis da margem. Ergueu o rosto e acompanhou o voo de um pássaro negro, de grandes asas, que desceu no pique e fez uma manobra brusca à flor da água.

Depois que o bicho se afastou veloz, concentrou-se em escutar o incessante marulho das águas espumosas que vinham dar na terra escura da beira. Mas aquele alívio — a presença do rio — não durou muito.

*Aí, me veio à mente um negócio que vi na televisão: um homem, um estrangeiro, de certo tão velho quanto eu, com cara de índio que nem a minha, que se chicoteava com uma cinta de couro.*

Sem camisa, vestindo uma espécie de saia branca, com as costas sangrando, ele avançava no centro de um grupo de homens morenos que também se flagelavam.

*Aquilo é coisa de gente fanática. Deve até ser pecado.*

Mas a verdade é que ali, na beira do rio, sentia-se irmão daquele homem que se lanhava e que sangrava nas costas. Gostaria de ter nas mãos um rebenque com tiras trançadas, talvez até com uns chumbinhos amarrados nas pontas, para que os golpes o magoassem a valer, para que a carne fosse lacerada, para que pudesse realmente sentir dor.

*Não sei explicar direito aquele sentimento. Eu queria me chicotear até cair desmaiado.*

De onde extraíra tal ideia? Simples. Seu bem mais

precioso, sua alma fora do seu corpo, seu neto, seu tudo, estava sendo tirado dele.

Passou a mão pelos olhos úmidos. Emocionava-se à toa, era um frouxo. Para ele não havia coisa mais constrangedora do que um homem velho chorando. Mirou em volta para ver se alguém o observava. Ao longe, uma carroça se arrastava; um homem pedalava uma bicicleta.

*Ainda bem que eu tava solito. Era eu e Deus.*

## Penar

Sentou no capim úmido. Aquele era um bom lugar para pensar com calma. Precisava de um esclarecimento.

Por que Deus lhe arrebatava o neto?

Tinha de haver uma boa explicação, porque o amor que sentia pelo menino não tinha paralelo no mundo todo. Forçou pelas ideias. Então, de repente, julgou compreender.

*Ele quer me tomar o guri por pura inveja.*

Se alguém lhe perguntasse: "Mas inveja de quê, Fulgêncio?", explicaria: "Porque a gente se dá bem".

*Nunca levantei a mão pro guri, nem a voz. E ele, pelo lado dele, nunca me deu um desgosto. É só alegria.*

Gozando uma pontinha de felicidade, que vinha do fato de saber que não poderia haver amor mais forte

no mundo do que aquele que o unia ao neto, o velho demorou o olhar o leito do rio. Piscou ao defrontar-se com o risco dourado do Sol, que faiscava por causa do movimento incessante das águas.

Interessou-se a seguir pelos altos pilares da ponte: como tinham conseguido enterrá-los no fundo barrento do rio?

Lá em cima, os carros que cruzavam a ponte pareciam brinquedos de meninos.

Lembrou-se então que uma vez — mal chegado à cidade, pouco mais do que um guri — havia acompanhado uma procissão do Senhor dos Passos.

No início, ficara encantado com a algaravia da gente bem-vestida rezando, coisa boa de escutar. Depois, impressionara-se com os rostos contraídos e suados dos homens que sustentavam o andor. Por fim, quando viu o Cristo em cima do carro, magro de assustar, com uma coroa de espinhos cravada na testa, o rosto ensanguentado, sentiu uma aspereza na garganta. Demorou a compreender que aquilo era vontade de chorar.

Se até Jesus, que era filho de Deus, tinha sofrido um monte, por que ele, Fulgêncio, não podia penar um pouco?

Com dificuldade, pôs-se de pé. Devagar tornou à rua que levava até o porto. Na esquina, parou, indeciso. Olhou para a direita, olhou para a esquerda. Depois, num passo largo e firme, de soldado no dia da pátria, desembestou no rumo do hospital. Decidira estar ao lado do guri quando ele acordasse da anestesia.

# Condenado

Até aquele instante caminhara erradio, desperdiçando tempo, pensando loucuras. Porém, ali, de um momento para outro, percebera que tinha uma obrigação sagrada a cumprir.

Decidiu que, por mais que se emocionasse, não deixaria transparecer ao guri a terrível verdade, ou seja, que ele, o piá, estava condenado à morte.

*Resolvi que ia me fazer de aluado. Se ele me perguntasse sobre a doença, eu desconversava.*

Em questão de minutos chegou ao hospital. Havia outra mocinha na portaria.

— O senhor deseja o quê?

— Ver meu neto.

— Agora não dá. Tá fora do horário de visita.

— O guri deve acordar daqui a pouco da anestesia.

— Não se preocupe. As enfermeiras cuidam dele.

— Não é a mesma coisa. Sou parente.

— As enfermeiras são treinadas.

— A senhora me desculpe, mas eu preciso lhe dizer uma coisa. Sou o único parente vivo dele. O guri não tem ninguém neste mundo, a não ser eu.

— Ninguém, como assim?

— Não tem pai nem mãe. Não tem irmãos. Eu criei ele sozinho. Sou o avô dele.

— Quer dizer que os pais dele morreram muito cedo, é isso?

— Primeiro perdeu a mãe, que se largou mundo afora mal lhe acabou o leite. O pai morreu de facada.

— Que barbaridade! O guri tá com quantos anos agora?

— Onze.

— Como é o nome dele?

— Anderço dos Santos.

Após um segundo de hesitação, a rapariga soltou na bancada a revista que estivera lendo, apanhou uma folha com letras e números e correu a ponta da unha por ela. Detendo-se numa linha ao pé da página, disse em voz baixa:

— Não vai dar pro senhor entrar.

— Mas o guri tá condenado à morte! — o velho ergueu a voz. — Não tem cura o caso dele!

Depois de um longo silêncio, a atendente murmurou:

— Ele vai pra enfermaria número sete, mas acho que ainda não chegou lá. Deve estar na sala de recuperação.

— Eu espero por ele na enfermaria.

— Vou me virar de costas, fingindo que procuro uma coisa no fichário. Aí, o senhor se encaminha pra enfermaria, mas não diga a ninguém que eu liberei a sua entrada. Se der rolo, minta. Diga que enganou o guarda e que entrou pelo pronto-socorro.

— Muito obrigado.

# Enfermaria

Quando a jovem lhe voltou as costas, o velho embarafustou pelo corredor.

Com um rápido golpe de cabeça, dado mais para esconder os olhos, cumprimentou a primeira enfermeira que se atravessou na sua frente. Era mulher reforçada, mas que pisava muito de leve.

*A pessoa que trabalha em hospital pega a feição de ser silenciosa.*

Passou depois por um faxineiro, um careca, que esfregava, com o auxílio de um rodo, um pano úmido no piso. Os gestos precisos do homem, próprios de gente amorosa com sua lida, desencadearam no velho um novo pensamento.

*O coitado estava limpando a dor.*

Era difícil explicar, mas ele achava que num hospital antigo como aquele a dor acabava se entranhando no piso e nas paredes, do mesmo jeito que a umidade e o mofo. Era o sofrimento acumulado ao longo do tempo.

*Tem a aflição da gente que sabe que vai morrer e o desespero dos que sabem que vão perder um ente querido.*

Ao avançar pelo corpo do hospital, sentiu-se como um bicho acuado que se enfiava numa toca, descendo cada vez mais fundo para dentro da terra.

Quando, por fim, encontrou a tal enfermaria número sete, imobilizou-se no umbral passeando o olhar pelas muitas camas enfileiradas dos dois lados. Viu silhuetas esquisitas por baixo dos cobertores marrons. Escutou uma ou outra tosse, um pigarro, um gemido.

Como não percebeu nem sinal de enfermeira, resolveu entrar. Talvez o guri já tivesse sido trazido da sala de recuperação. Podia ser qualquer um daqueles corpos imóveis. Cauteloso, avançou olhando discretamente cama por cama.

*Eu não metia os olhos pra cima das pessoas, não, só espreitava de revés. Não tinha peito de encarar os doentes.*

Notou que um deles estava com o rosto tapado pelo lençol. Estaria morto?

Sentiu que era observado com interesse pelos que ali haviam sido depositados.

*Não tem olho mais atento do que o dos doentes. Como não têm o que fazer, a não ser esperar pelo efeito dos remédios, eles ficam prestando atenção no que ocorre pela volta. Aqueles desgraçados queriam saber quem era eu, o que fazia ali, se ia me internar ou se tinha familiar baixado. Eles me olhavam e eu meio que cumprimentava com um gesto de cabeça. Paciente de hospital merece respeito.*

O corredor da enfermaria acabava numa grande janela. O velho parou entre os dois últimos leitos. Num deles, o da direita, vislumbrou o neto dormindo a sono solto. Agarrou-se à grade do pé da cama e ficou observando o menino: as pernas magras e compridas escondidas sob o cobertor; os braços finos à vista, estendidos ao lado do corpo; as mãos de dedos longos e delicados.

*Que rosto bonito, meu Deus!*

## Objeto

De repente, sentiu um baita cansaço.

O que fazer? Havia uma cadeira perto da cabeceira do guri, entre a parede e a cama, mas o velho não se sentiu habilitado a ocupá-la. Não havia pela volta uma enfermeira a quem pudesse pedir licença. E não queria ir se acomodando sem mais nem menos. Podia ser que, depois, ralhassem com ele.

Além disso, se sentasse, poderia pegar no sono. E essa vergonha ele não queria passar de jeito nenhum. Portanto, precisava aguentar-se ali, de pé, bem acordado, para presenciar o despertar do neto, para encará-lo no momento em que abrisse os olhos.

*Felizmente, sou um homem velho bom de saúde. Não tenho varizes. Dor nas costas eu sinto, sim, mas é coisa de pouca monta. É só um pesinho no final do espinhaço. Suporto bem. Nunca precisei de óculos. Coisa muito miúda eu não enxergo bem, mas de longe eu vejo tudo claro que é um disparate. Não tusso. Graças a Deus nunca fumei.*

Notou então que estava sendo observado por alguém de uma cama próxima. Era um olhar que lhe queimava a face. Não se voltou diretamente para a pessoa, mas entreviu o brilho curioso de uns olhos vigilantes. Desgostava de ser espiado daquele jeito, no entanto não podia fazer nada, não podia evaporar.

Pensou que, se ficasse muito tempo sem se mover, a pessoa se desinteressaria dele. Nada tinha que chamasse atenção. Era só um homem em idade avançada, sem graça, igual a tantos.

*Quando ando pela rua ninguém repara em mim.*

Imóvel diante da cama do neto, livre das perguntas e lembranças que o haviam incomodado na rua, sentiu que aos poucos se transformava em um objeto. Isso mesmo: um objeto. Era como se fosse... Por exemplo, um abajur de pedestal.

Apenas olhava o semblante do guri e se deixava ficar extasiado.

Passou um tempo enorme até que, cauteloso, arriscasse uma mirada ligeira na direção de onde vinha o olhar insistente. O dono dos olhos curiosos era um sujeito de face escavada, nariz de papagaio e sobrancelhas espetadas que lhe perguntou:

— O guri tá condenado, não é mesmo?

O velho não respondeu. Olhou para o outro só pelo tempo necessário para descobrir que se tratava de um homem de uns cinquenta anos, no máximo, mas muito derrubado. Voltou-se para a cama do neto e retornou à imobilidade.

*Tem muita gente ruim neste mundo.*

Primeiro ficou com raiva daquele miserável. O danado não conseguia esconder o fato de que se consolava um pouco com a doença braba do guri. Depois sentiu pena daquele pobre bicho: também ele, pelo visto, estava com os dias contados.

## Camiseta

Então o guri se moveu, devagar.

Dobrou o braço direito e levou a mão até perto do rosto. Girou a cabeça de um lado a outro, ainda de olhos fechados. Espreguiçou-se com gosto.

*O meu neto é o guri mais bonito deste mundo. Não é indiaço, como eu, não. Tem pele bem branquinha e uns olhos tirando para o verde. Puxou a mãe dele, que era polaca.*

O menino bocejou demorado e esfregou as costas da mão pelos olhos. E só depois de passar a língua pelos lábios, como quem sente sede, abriu os olhos.

— Dormi muito, vô?

— Um monte de horas.

— O pior foi que eu perdi o jogo de ontem. Bem que podia ter uma tevê a cabo por aqui...

— Acho que não pode. Tevê deve fazer mal pra saúde.

— Que conversa é essa, vô?

— Descansa. Dorme mais um pouco.

— Não precisa. Tô zerado. Quando é que eu saio do hospital?

— Logo, logo.

— Logo, quando?

— Amanhã ou depois, eu acho.

— O senhor podia falar com o médico pra eu sair no máximo amanhã.

— Vou ver isso.

— Sábado tem jogo.

Conversavam em voz baixa, mas, mesmo assim, o velho achou que aquele palavrório devia estar incomodando os acamados. Sabia que, se continuasse por ali, dando trela ao guri, ele não se fecharia. O piá gostava muito de falar, vivia puxando tudo quanto era tipo de assunto, de modo que o único jeito de fazê-lo calar-se era sair dali.

— Vou dar uma voltinha...

— Já?

— Volto em seguida.

— O senhor podia me fazer um favor...

— Pois pede.

— Mas o senhor tem que prometer antes que vai fazer o que eu vou pedir.

— Prometo.

— Eu queria que o senhor fosse até lá em casa pegar a minha camiseta de basquete.

— Tu tá louco, guri? Camiseta pra quê?

— Eu jurei que ia dormir uniformizado até a próxima partida. Pra dar sorte. Na noite passada eu já não cumpri.

— Aqui no hospital não deve poder.

— Deixa de ser bobo, vô! Claro que pode!

— Então tá. Cala o bico. E tenta dormir mais um pouco.

## Ônibus

Ao deixar o hospital pela segunda vez naquele dia, o velho surpreendeu-se ao ver que tudo continuava na mesma — as pessoas caminhavam, os passarinhos trinavam e o Sol passeava pelo céu.

Sacudiu a cabeça como quem não acredita no que está vendo. Pareceu-lhe estranho que o mundo continuasse a girar indiferente ao tremendo golpe que ele havia recebido.

*Felizmente naquela hora eu tinha um rumo a seguir.*

A viagem até em casa serviria para que se distraísse. Enveredou pela rua larga na qual transitavam os ônibus, mas passou da primeira parada, passou da segunda, e não embarcou.

Decidira caminhar enquanto tivesse pernas.

Era fácil entreter-se naquela rua movimentada. As calçadas estavam cheias de povo e, no meio da rua, os carros iam um do ladinho do outro, quase se tocando. Loja era o que não faltava, havia uma a cada meia quadra.

Já no centro da cidade, quando o ajuntamento de gente nas calçadas se adensou, teve de ficar mais esperto para evitar os esbarrões com as pessoas que saíam das lojas ou com as que, vindas do meio da rua, de repente apareciam-lhe pela frente.

*É bom andar pelo meio do burburinho, o problema são as pechadas.*

Ao passar diante da Prefeitura, vendo uns aposentados reunidos em torno dos tabuleiros de damas, teve vontade de sentar-se num dos bancos da praça para descansar um bocado. Sentiu inveja daquela velharia. Estavam todos com a vida ganha. Na certa não tinham problemas pesados para enfrentar, como ele.

E assim, ora examinando um pensamento, ora observando a paisagem, fez o trajeto inteiro a pé.

*Mas não me demorei lá em casa.*

Era de esperar que, no mínimo, bebesse um copo de água, tomasse um cafezinho ou comesse um pedaço de pão. Ou ainda que se espichasse no sofá por um tempinho. Que nada! Foi só o tempo de pegar a camiseta do guri, que estava aberta em cima da cama dele, e botá-la dentro de uma sacola de plástico. E saiu de novo.

Voltou pelo mesmo caminho. Ou seja, cumpriu exatamente a mesma rota, só que ao contrário, no passo sereno de sempre.

*Graças a Deus, sou um velho leviano. A vida inteira eu pesei os mesmos cinquenta e dois quilos.*

Por que, de novo, foi deixando para trás as paradas de ônibus, uma após outra, sem deter-se em uma delas?

Era difícil explicar aquilo, sim. Mas a verdade é que uma sensação estranha, um enorme desconforto, o impedia de tomar uma condução.

*Se uma pessoa olhasse pelo lado da lógica, via logo que aquela minha atitude não tinha sustentação. Eu mesmo me perguntava: como pode um senhor com a minha idade, que não paga passagem, desprezar transporte numa distância dessas?*

A resposta não lhe veio de pronto. Só depois de muito refletir é que compreendeu que não podia andar de ônibus por um motivo muito simples: seu neto estava numa cama de hospital, morrendo.

Mas o que tinha uma coisa a ver com a outra, a morte e o ônibus?

Tudo. Seria uma sem-vergonhice de sua parte se ele saísse por aí saracoteando, refestelado numa poltrona estofada, se esbaldando com o panorama, enquanto seu neto penava.

Aguentou bem o repuxo da volta, mas, quando se aproximava do hospital, sentiu o baque da exaustão.

*Eu estava virado num molambo.*

Teve uma vez que, de tão cansado, saiu do prumo e deu um encontrão numa senhora muito bem-vestida. Pediu desculpa, mas a mulher o mirou atravessado, como quem diz: "Onde já se viu um velho borracho em pleno dia?".

*Senti um tremendo embaraço.*

Ao passar pela frente do pronto-socorro, lembrou-se do que lhe havia dito a moça da portaria. Resolveu então infiltrar-se por ali mesmo, para não ter de caminhar mais quadra e meia.

De cabeça baixa entrou no salão lotado. Havia muita gente de pé diante dos guichês de atendimento e os bancos todos estavam ocupados. Para sondar o ambiente, enfiou-se na rabeira de uma das filas.

Não demorou a descobrir a placa que indicava os banheiros num corredor lateral. Fazendo cara de tanso, deixou a fila e se encaminhou para lá. Se o interrogassem, diria que estava precisando atender a uma necessidade.

Depois de aliviar-se, em vez de quebrar à direita, para voltar ao saguão, enveredou pela esquerda. Alargou a passada e logo se viu no interior do hospital.

*Foi uma barbada encontrar a enfermaria.*

## Sufocação

Com a sacola de plástico na mão, o velho passou mais uma vez por entre as camas e as pessoas jogadas em cima delas e de novo sentiu-se varejado pelo olhar dos doentes. Pelo rabo do olho, via o movimento vagaroso de um corpo aqui e de outro mais adiante sobre as camas de altas pernas de ferro.

Lembrou-se então da graciosa caminha pintada de branco que ele e a mulher compraram para o neto, depois que a mãe dele sumiu, mas que nunca foi de muita serventia.

*No meio da noite, o piá abria o berreiro e não havia jeito de fazer com que calasse. Nem com mel no bico da chupeta ele abaixava a corneta.*

Fulgêncio acabava tendo de pegá-lo no colo. O nenê serenava logo, mas tornava a se esganiçar caso o avô fizesse menção de devolvê-lo à caminha. O jeito era deixá-lo na cama grande, espremido entre os avós.

*O diabinho dormia que era um anjo.*

Devagar, reticente, o velho avançou em direção ao leito do neto. Havia naquele hospital alguma coisa, que ele não identificava bem, que o deixava aporrinhado. Não era nem o olhar dos doentes nem o cheiro enjoativo de remédios. O que seria?

Parou junto ao guri, que estava de olhos espichados para o pacote que o avô trazia nas mãos:

— Vô, me ajuda a vestir a camiseta.

— De jeito nenhum. A enfermeira vai me putear depois.

— Mas e a minha promessa? Jurei que ia dormir com a camiseta.

— Bota então essa porcaria debaixo do travesseiro. Tanto faz. Tu vais dormir com ela do mesmo jeito.

— Puxa, vô!

— Tá bem. Mas não te mexe. Deixa que eu dou conta.

Com muito cuidado, o velho passou a camiseta pelo pescoço do menino e, com mais delicadeza ainda, a espichou por trás das costas dele.

— Me diz uma coisa: tá te doendo a operação?

— Nada, nada.

— Já te deram remédio?

— Faz pouco, uma enfermeira teve aqui e me fez tomar um comprimido, mas o próximo eu não vou tomar...

— Não vai o quê? Tu vais engolir tudo o que ela mandar! Não banca o espertinho como tu fez aquela vez comigo!

— Que vez?

— Quando tu escondeu o comprimido.

— Nem me lembro.

— Escondeu na bochecha, por trás dos dentes.

— Vô, o senhor vai passar a noite comigo aqui?

— Se deixarem.

— Então peça o vidro do remédio pra enfermeira. Se eu tiver dor, no meio da noite, o senhor me dá...

— Isso não deve poder.

— Mas o senhor fica comigo!

— Se puder... Mas não estou vendo ninguém de visita aqui além de mim.

— E se eu não consigo dormir?

— Como é que um guri da tua idade não vai dormir? É claro que dorme.

— E se eu fico com medo?

— Medo de quê?

— Sei lá!

— Não tens mais idade pra ter medo.

— Tá bem. Mas o senhor não vai sair do meu lado.

— E tu vais fechar a matraca!

O guri era um doce, mas, quando encasquetava uma coisa, ninguém lhe tirava da cabeça. Insistia, insistia e ele, Fulgêncio, acabava cedendo.

— Que Deus me perdoe, mas não aturo hospital.

— O que foi, vô?

Não respondeu. Não saberia explicar direito o incômodo que sentia. Estava até meio tonto. Pensou em sentar-se na cadeira, mas acabou permanecendo de pé, ao lado da cama, feito um pateta, alisando o cobertor áspero com a ponta dos dedos. Sentia as pernas bambas, o solado dos pés formigando.

Aos poucos aquele mal-estar foi tomando a feição de uma falta de ar, uma sufocação. Ficou difícil respirar. Não era coisa de pulmão, que ele era um velho que nunca tinha metido um pito nos beiços.

Lembrou-se de um filme que vira na televisão. Um homem estava deitado numa cama quando as paredes do quarto em que se encontrava começaram a se aproximar umas das outras, ao mesmo tempo que o teto se abaixava aos pouquinhos.

— Vou sair pra espairecer.

— O senhor mal chegou e já quer se mandar!
— Vou fazer um lanche.
— Mas o senhor vai passar a noite comigo, não vai?
— Claro que vou! Mas ainda é cedo.

## Enterro

*O pobre guri não nasceu com sorte. Tudo começou quando a mãe dele pegou a estrada, e nem seis meses de vida tinha o coitado. Mas o pior foi a morte do pai dele. Lembro de tudo, pelo detalhe miúdo. Meu filho morreu exatamente na noite da véspera do primeiro aniversário do guri. A festa já estava preparada: a mesa da sala enfeitada, com um bolo de chocolate no centro e mais uma penca de pratos com salgadinhos pela volta. Havia enfeites pendurados por todos os lados. A vizinhança estava convidada.*

Pelo início da noite recebeu a notícia de que seu filho tinha se metido numa briga de faca e que estava internado no hospital, naquele mesmo hospital em que entraria anos depois para acompanhar o neto.

Sem prestar atenção à esposa que, sentada no sofá com o neto no colo, chorava desbragada, saiu apurado. Só depois de correr muito foi que atinou em apanhar um carro de praça.

*Que noite!*

Durante o trajeto foi acossado por maus pressentimentos. Assim, não se surpreendeu muito quando chegou ao pronto-socorro e lhe disseram que seu filho já tinha ido a óbito. Quis ver o corpo, mas o plantonista lhe disse que o caso já tinha passado para a competência do necrotério. Tocou-se então para o necrotério, que ficava nas traseiras do hospital. Lá, foi informado de que teria de ir à polícia requisitar o desembaraço do corpo.

*Fiquei um tempo bárbaro na delegacia porque não tem povinho pra se fazer mais de difícil do que o da polícia.*

Sentado num banco duro, ao lado de uma jovem prostituta bêbada, pensava na mulher e no neto, penalizado. Ela certamente já intuíra que o pior havia acontecido.

*Minha mulher tinha antena pra captar coisas ruins.*

Horas depois, com a madrugada já bem adiantada, tendo nas mãos a ordem de enterro, voltou ao necrotério. Foi só então que lhe disseram que tinha de comprar um caixão para acomodar o corpo do falecido.

Ali, naquele momento, mesmo sendo um homem barbado, sentiu uma vontade louca de chorar. Chorar como criança. Chorar de desespero, porque, pelo andar da carruagem, aquilo não teria um fim. E depois do caixão, o que mais lhe exigiriam?

Ao perceber que ele estava baqueado, o empregado do necrotério abrandou a voz:

— O pessoal da funerária vai facilitar pro senhor.

Havia três empresas de pompas fúnebres por perto do hospital. Entrou na que lhe pareceu a mais modesta.

Mas logo irritou-se com o vendedor, que falava mais do que o homem da cobra. Cortou-lhe a ladainha pedindo que arranjasse um bom caixão. Não queria nada muito caro, mas também não se contentaria com coisa malfeita.

Só depois de ter colocado o corpo do filho no caixão, e só depois de o caixão ter sido levado à capela, Fulgêncio apanhou um outro táxi e foi até em casa para tomar um banho e vestir-se com decência. Retornou em seguida, no mesmo auto, com a mulher e com o neto, porque não quiseram incomodar os vizinhos pedindo a eles que cuidassem da criança. O velório foi muito rápido, o enterro do seu filho foi o primeiro daquele dia.

*Não gosto de embromação. Morreu, cova!*

Foi sepultamento a toque de caixa, sem reza nem flores.

Na viagem de volta, o gurizinho passou o tempo todo rindo. Nunca andara de automóvel.

Ao entrarem em casa, a mulher se saiu com aquela:

— O que vai ser desta pobre criaturinha?

Fulgêncio não tinha uma resposta precisa naquele momento, mas sabia que acabaria por encontrá-la. Nunca se afobava. Sabia que as coisas todas se ajeitam, basta dar um tempo a elas. Problemas, grandes ou pequenos, têm de ser enfrentados com paciência, e de um em um. O que ia ser da vida do neto era coisa de que só Deus tinha conhecimento.

Sua mulher, porém, entregou-se ao desespero desde o primeiro momento. Havia perdido o único filho que conseguira gerar e não se sentia com forças para criar um neto que, quem sabe, talvez lhe fosse arrebatado antes do tempo também. Era isso que ela dizia a todo momento.

*Como uma planta sem rega, ela foi murchando. Finou-se logo depois.*

## Despropósito

Depois de ter ajudado o neto a vestir a camiseta, o velho deixou o hospital pela terceira vez. O céu, de um cinza pesado, escurecia rapidamente.

*Fazia um friozinho tão danado que puxei o fecho da jaqueta e levantei a gola.*

Atravessou a rua diante da portaria e foi até a lanchonete da esquina. Sentou-se e pediu um pastel e um guaraná. Embora tendo passado o dia em jejum, não sentia quase fome, estava com o estômago meio embrulhado, mas precisava repor as forças para segurar o rojão da noite. Varar um dia só com o café da manhã na pança é uma proeza e tanto para qualquer um, quanto mais para um ancião franzino como ele.

Acomodado na mesa mais próxima da porta, comeu e bebeu observando a passagem de gente apressada que chegava ao hospital ou que saía dele.

Era homem de pouco comer e de nenhum beber. Nunca tocara numa só gota de álcool. Para ele, bastara o mau exemplo dado por seu pai, que se embebedava até cair.

Chamou a conta, pagou e recebeu o troco, mas não sentiu a mínima vontade de voltar à enfermaria.

*Decidi dar uma voltinha. Passeio curto porque eu estava com as patas em pandarecos. Aí, não sei por que cargas d'água, comecei descer a rua que passa pela frente do pronto-socorro.*

Não podia se demorar porque tinha de retornar para varar a noite na cadeira ao lado da cama do guri. Isto é, se isso lhe fosse permitido pelas enfermeiras. Não se preocupava nem com a duração da noite nem com a dureza da cadeira. A questão era saber se seria atacado de novo pela sensação de que estava sendo asfixiado.

Pensando bem, ao longo de sua vida, estivera poucas vezes em hospital. Mas em todas elas sentira-se muito agoniado.

Mas nada poderia se comparar àquela noite, quando ele, um velho de setenta e tantas primaveras, pernoitaria na condição de acompanhante. E o doente de quem estaria cuidando seria seu próprio neto, um guri de apenas onze anos, que estava com a vida por um fio.

*É fácil entender um despropósito desses?*

## Arrebatamento

Depois de meia dúzia de quadras, que percorreu num tranquito de passadas curtas, o velho desembocou numa rua larga, dividida ao meio por um canteiro em que se entreveravam umas árvores altas, grossas de tronco.

Nos dois lados viam-se imensos galpões, escuros, tétricos. Demorou a reconhecer aquele local. Antigamente, quando a estação do trem funcionava a todo vapor, aquela fora uma rua de grande movimento, com muitas fábricas e depósitos.

*Senti uma pontada de medo quando me vi no meio do arvoredo.*

Receou ser assaltado ali. Imaginou que por detrás de alguma daquelas árvores poderia haver um sujeito escondido, armado, disposto a atacá-lo. Seu primeiro impulso foi no sentido de abrir o passo, mas logo se controlou e manteve o caminhar no mesmo ritmo de antes. Se um assaltante o rendesse por ali, o que faria? Nada. Entregaria a mixaria que tinha no bolso.

Pensando bem, seria uma baita injustiça se ele, um pobre velho atormentado, fosse roubado ali. Resolveu reagir. O máximo que o sem-vergonha faria seria matá-lo. Mas que diferença faria se fosse tiroteado? Nenhuma. Mesmo assim, ficou indignado.

*Se naquele momento me aparece pela frente um bandido, mesmo que de arma na mão, eu me ia ao pescoço dele. Esganava o bicho. E ainda ia gritar na cara dele: "Tu não tá vendo, ignorante, que eu sou um velho pelado?".*

O arrebatamento durou um segundo. Acalmou-se em seguida. Em vez de ficar imaginando coisas, tinha é de subjugar seus próprios pensamentos para retornar mais sereno ao hospital.

Encaminhou-se então para um mundo de luzes coloridas que viu brilhando lá adiante, no ponto onde acabava o renque de árvores.

Surpreendeu-se ao dar de cara com o supermercado. Há anos não andava por aquelas bandas, não conhecia aquele prédio imenso.

## Mãozinha

Era o lusco-fusco do anoitecer.

Estava parado apreciando a fachada iluminada do supermercado, quando o sujeito, da calçada do outro lado da rua, gritou para ele:

— Venha aqui, cidadão, por favor!

Voltou-se na direção da voz.

Um dos quadrados de luz da grande parede envidraçada do supermercado mostrava que quem o chamava era um baixote pançudo.

Como estava rente à parede, Fulgêncio deu uns passos tímidos em direção ao meio-fio e, colocando-se sob o jato da luz do poste, cravou o indicador no peito como que perguntando: "Está falando comigo?".

— É com o senhor mesmo, meu amigo.

Embora sabendo que não estava com uma cara apresentável naquele momento, desceu da calçada. Pouco antes, na escuridão sob as árvores, estivera pelejando para recompor as feições a fim de retornar ao hospital. Lentamente, começou a atravessar a rua.

Ao levantar o rosto, sofreu nos olhos o impacto das luzes fortes do supermercado. Sacudiu a cabeça como cavalo que recusa o cabresto.

Era louco por supermercados. Para ele, não havia

nada mais lindo no mundo do que um montão de prateleiras atulhadas. Ficava pasmo com a habilidade dos empregados que empilhavam aquelas mercadorias. Gostava de pegar tudo na mão, mesmo que não fosse comprar, mesmo que fosse só para admirar a beleza das embalagens. Mas o que mais apreciava mesmo era o cheiro bom que se sentia em certos corredores. Às vezes, parado, ele fechava os olhos e arreganhava as ventas para se deliciar com a mistura de tantos aromas gostosos. Quase tonteava.

O que quereria dele o sujeito retaco?

Decidiu que não entraria no supermercado nem a pau. Não lhe parecia correto que alguém como ele, com o neto à beira da cova, pudesse passear entre as gôndolas coloridas. Talvez fosse até pecado.

Ponderou então que, colocando tudo na balança, devia ser bom estar submetido a uma religião. Um homem de fé sempre tem segurança sobre o certo e o errado porque, na hora do aperto e da dúvida, tem um Deus a quem pedir socorro. Esse, porém, não era o caso dele, que nunca tinha firmeza de nada. Era um grosso, sem instrução e sem crença, um homem que nunca entrara em igreja e que mal esquentara o traseiro numa sala de aula.

Parou junto ao meio-fio.

— Eu preciso de uma mãozinha, meu camarada — disse o homem, da calçada, pegando-o pelo antebraço e puxando-o com a mão gorducha.

Não foi com a cara de bolacha do indivíduo. Por cima do nariz batatudo, dois olhinhos de porco se escondiam nas furnas das bochechas lustrosas. Ao redor da boca mole, o espesso cavanhaque grisalho se mexia como marandová quando ele falava. De longe, o sujeito até que lhe parecera normal, mas, visto de perto, não passava de um nanico, na verdade até mais baixo que ele próprio, Fulgêncio.

— Eu vou lhe dar uns trocos pelo serviço.

O gordo sorriu mostrando uns vastos dentes desalinhados e, com uns poucos gestos rápidos e imprecisos, apontou o carrinho com as compras:

— Quero que o senhor me passe as mercadorias para o porta-malas do meu automóvel. Mas com cuidado! Teve um cara que uma vez me esbodegou uma bandeja de iogurtes.

O velho pensou em retrucar, alegar que não era carregador nem biscateiro, mas não conseguiu dizer nem sim nem não. A verdade é que, no fundo, sentiu um pouco de pena do pobre homem, que respirava com dificuldade. Embora à primeira vista parecesse saudável, logo se via que o buchudo tinha algum problema de pulmão porque suas frases sempre acabavam num chiado.

## Inveja

Começou então a transferir as mercadorias para o automóvel.

Consolou-se pensando que se livraria logo daquilo se trabalhasse depressa. Mas, mal seus gestos se tornaram automáticos, o velho voltou a ser acutilado por uma dúvida.

Seria correto receber por aquele tipo de trabalho?

Não, claro que não, já que não era empregado do supermercado.

Irritou-se consigo mesmo.

Por que estava ali bancando o mandalete?

Afinal, era ou não era um vivente com um netinho num hospital?

Era.

Então por que não dava as costas para o buchudo e ia embora?

Ora, não se ia dali porque era educado e nunca deixaria uma pessoa plantada sem lhe dar uma satisfação.

Poderia ter dito um não de saída de bola, isso sim. Mas não era de dizer não a ninguém. Dava muito trabalho dizer um não porque sempre se tem de explicar esse não.

Depois de trocar umas palavras com uma mulher que estava sentada no carro, o gorducho voltou para perto do velho:

— Dou azar. Sempre que venho fazer compras parece que todos os cretinos da cidade se combinam pra vir junto. Estou aqui faz mais de duas horas e meia. Só na fila, esperando pra pagar, foram trinta e cinco minutos... Mas o senhor acertou na mosca, meu amigo, começou pelo carrinho certo, que tem o material mais pesado, o que deve ficar por baixo.

Só então o velho percebeu que o carrinho estava atrelado, por uma corrente com um gancho na ponta, a um outro carrinho, também repleto de mercadorias. Chegou a parar por um segundo.

Como é que o elemento tinha a cara de pau de lhe pedir para descarregar dois carrinhos de uma sentada?

— É preciso ciência pra fazer compras em supermercado — o pançudo falava ligeiro, como que para acabar logo as frases, antes que lhe faltasse o alento. — São seis operações encadeadas: colocar as compras no carrinho, passar no caixa, arrumar de novo no carrinho, colocar no automóvel, retirar do porta-malas e guardar nos armários de casa. O senhor é um homem de sorte: tá participando só de uma dessas operações.

O velho não simpatizava com gente faladeira porque, para ele, todo indivíduo que não fecha a matraca é do tipo que não escuta o que lhe dizem os outros.

Intrigado, perguntou-se sobre o trabalho que um sujeito abusado daqueles poderia desempenhar. Pela roupa fuleira que vestia não dava para saber. Apesar do frio, o gordo usava só uma camisa de flanela xadrez, desbotada, apertada contra o pandulho.

— Sempre venho aqui no dia em que sai o meu salário e compro o máximo que posso. A gente acaba fazendo alguma economia porque esses canalhas vivem remarcando.

Apontou com o indicador a mulher que estava no banco do carona e continuou:

— A minha patroa é uma águia. Sabe o preço de tudo, de cor e salteado, e sempre compra o mais barato.

Mesmo ouvindo com atenção o que dizia o sujeitinho, o velho ajeitava as mercadorias com cuidado. Com mais cuidado até do que se tivessem sido compradas por ele próprio.

Sempre fora um trabalhador dedicado: desde guri, mal começava a desempenhar uma tarefa, logo tomava gosto por ela. Mas aquela ia tomar-lhe um tempo bárbaro. Parecia que não acabava nunca de tirar coisas do carrinho. E ainda tinha um segundo para descarregar!

Se levasse aquelas mercadorias todas para sua casa, ele e o neto, seguramente, viveriam mais de ano sem fazer compra nova.

Não, não! O guri estava para morrer. O médico tinha garantido. Não falara em dias exatos, mas dissera que o desfecho ia ser rápido.

A não ser que um milagre salvasse o guri!

Ora, milagre é coisa que não acontece toda hora, e só chega para gente de fé, o que não era o caso dele, que jamais frequentara templo nem terreiro. Portanto, seria sem-vergonhice de sua parte esperar qualquer tipo de benevolência vinda de Deus.

— Os funcionários deste supermercado são uma cambada de preguiçosos. E parecem estar sempre de mau humor. Mas o pior deles é a inveja. Quando veem os nossos carrinhos atopetados, os olhos deles brilham de cobiça. Eu digo pra minha senhora: mulher, temos que pedir proteção contra o mau-olhado.

## Vingança

Não, o gordo não queria só uma mãozinha. Mãozinha seria se ele pegasse junto no pesado. O danado queria era que alguém trabalhasse no lugar dele. Isso era safadeza.

"Que Deus me perdoe", pensou o velho, "mas eu não tenho paciência com gente aproveitadeira."

Então, por que se submetia ao ventrudo?

Era homem livre. Recebia uma aposentadoria que não era grande coisa, mas que dava para ir levando.

Se não precisava de dinheiro, por que estava ali se escravizando?

Devia era virar as costas e se ir embora sem dar conversa.

— Eu vou lhe dizer uma coisa: é ruim viver num país onde tem tanta gente invejosa. Se eles não conseguem lotar os carrinhos deles, o problema não é meu. Os meus carrinhos ficam entupidos porque, em matéria de comida, eu não economizo. Posso até não me vestir bem, reconheço, mas ando de bucho estourando. Sempre tive um dinheirinho no bolso, trabalho desde pequeno. Olhe, dei muito duro na minha vida. Comecei aos seis anos trabalhando para o meu pai, que tinha uma vendinha. O velho me arrancava o couro, mas, veja, o esforço dele valeu: aqui estou, forte, vendendo saúde.

Aquela frase perturbou profundamente o velho, que apertou os lábios para evitar que palavras pesadas lhe escapassem da boca.

Estava com o neto dele, o guri mais bonito e inteligente deste universo, internado num hospital, praticamente morrendo, e vinha aquele elemento dizer a ele, de boca cheia, que vendia saúde.

Chegou a virar o corpo para o lado, como que para se arrancar, mas não se afastou dali. Continuou a guardar as mercadorias.

— Cuidado com essas latinhas de cerveja! Até parece que, de uma hora pra outra, o senhor ficou meio algariado.

O velho estava muito bravo consigo mesmo: sempre fora e continuava sendo um moloide. Admirava as pessoas que explodem em gritos e braçadas quando ficam de cabeça quente, o que não era o caso dele, que esfriava depressa.

De repente, porém, a engrenagem das suas ideias deu um tranco e se movimentou. Mais ou menos como um vagão de trem que, estando parado numa estação, dá um arranco inesperado ao receber um puxão da máquina e começa a rolar devagarinho.

Bem, se não tinha peito de ir embora dali, pelo menos podia arranjar um meio de se vingar, porque aquilo que o gordo estava fazendo com ele não era justo. Era abusar da sua boa vontade.

O pior de tudo, porém, fora aquela frase sobre vender saúde. Aquilo ele não podia aceitar. Saúde não se vende, não se dá e nem se compra. Saúde é coisa do acaso. Uns têm, outros não têm.

— Isso mesmo, com jeitinho. Viu? Bastou que eu

lhe chamasse a atenção para o senhor tomar cuidado. É assim mesmo: a gente começa a pensar em bobagens e logo se descuida do que tá fazendo. O que eu menos quero é que as frutas fiquem machucadas.

O que ele podia fazer, para se vingar, era roubar umas mercadorias daquele filho de uma boa senhora, roubar só de vingança, roubar para jogar fora depois.

Consolou-se por instantes com aquela ideia, mas logo percebeu que não seria uma operação simples.

Como roubar de modo que ele não percebesse?

Bem que podia deixar cair alguma mercadoria para baixo do automóvel.

Mas e se ele notasse?

Bastava se fazer de pastel: "Bah, nem vi como esse troço me escorregou das mãos".

Instigado por essa desculpa furada, agachou-se um pouco mais e, num movimento furtivo, enfiou um pacote de biscoitos junto à parte interna de um dos pneus do automóvel.

— Sou professor, meu amigo. O senhor vê esses dois carrinhos cheios e pode pensar que estou bem de vida. Enganou-se. Não chego a ganhar mal, mas no tempo da ditadura eu trocava de carro de dois em dois anos. E ainda tem gente que fala mal dos milicos! Naquela época, os estudantes respeitavam os professores. A gente botava os encrenqueiros pra fora de sala. Até expulsava da escola, se quisesse. Hoje, não. Os professores vivem com medo. Ainda bem que eu me aposento daqui a dois anos. Não há dinheiro que pague o sacrifício que é ensinar um burro a raciocinar. Não existem mais alunos, o que a gente enfrenta agora é um bando de marginais.

## Educação

Aproveitou a empolgação do homem — que falava de braços abertos, a voz estrangulada pela indignação — para juntar uma garrafa grande de guaraná aos biscoitos.

Aí, teve de esfregar as mãos com força nas calças para limpar o suor. E sentiu uma tremenda frouxidão nas pernas.

A verdade era que não tinha sangue-frio para roubar. Nunca antes gatunhara nada, nem prego enferrujado, mas se afanava aquelas coisas era porque estava com muita raiva. E não por necessidade, que isso ficasse bem claro.

Aliás, não saberia dizer se estava mais rabioso com o gordo ou consigo mesmo. Sim, porque ele, Fulgêncio, também merecia ser punido, por estar ali feito um mazanza.

Por que ele, com um neto se finando num hospital, se sujeitava a fazer papel de servente?

A coisa não era difícil de explicar. No fundo, no fundo, era brocoió. Um exemplo de sua palermice? Ora, durante todo aquele longo dia não conseguira nem brigar com Deus, apesar de Ele ter feito aquilo com o guri. Nem mesmo ficara com raiva. Sem dúvida, era um velho cagão de merda, mas, pelo menos do gordo ia se vingar.

Pensando bem, por que não chispava dali com o segundo carrinho, que ainda tinha metade das compras? Era uma ideia louca? Nem tanto. Era só sair a toda. Sempre fora ligeiro de pernas, mesmo idoso ainda se movimentava bem. O balofo não conseguiria segui-lo nem montado a cavalo.

Se fosse um indivíduo macho mesmo, o que tinha de fazer era simplesmente derrubar o segundo carrinho na calçada. Podia fingir que se atrapalhava com as pernas, que tropeçava, e aí se ia ao chão, arrastando as compras de cambulhada. O tombo acabaria com as mercadorias.

— Tenho duas filhas, adultas e formadas. Elas são professoras também, como eu e a patroa, mas não há emprego para elas. Veja só, meu amigo: hoje em dia não tem emprego nem para professora. O senhor sabe bem o que é isso? Não viviam propagandeando que este é o país do futuro? Existe futuro sem educação? Sabe o que eu digo aos meus alunos: este é o país do passado, a vida aqui já foi bem melhor.

Então viu as barras de chocolate. O guri vivia dizendo que jogador de basquete tem que comer muito chocolate para evitar as cãibras. Pegou uma barra e a enfiou no bolso interno da jaqueta.

— Este país não tem jeito mesmo. Aqui todos são ladrões. De cima até embaixo. Rouba o magnata, rouba o engraxate. Não livro a cara de ninguém, meu senhor. Só tem gatuno e vigarista. Mas eu lhe pergunto: quem vai em cana? Só a chinelada. E olhe lá!

Por fim, esvaziado o segundo carrinho, o velho entregou a caixinha de ovos ao sujeito e disse que o melhor seria se ele pedisse à esposa para levar aquilo no colo.

— Nem sei como lhe agradecer. Sou um homem aparentemente forte, mas tenho os pulmões bombardeados. Sofro de bronquite. Fique com esse troco. Estou certo de que Deus lhe dará bem mais do que eu.

Segurando os ovos com a mão esquerda, o homem jogou o corpo para o lado e enfiou com dificuldade os dedos troncudos no bolsinho da calça de brim e catou ali duas moedas.

## Crime

Quando o automóvel se distanciou, arrastando o vermelho de suas lanternas pelas pedras polidas da rua, Fulgêncio jogou longe as moedinhas.

Depois, agachou-se junto ao meio-fio. Lentamente, girou o rosto de um lado a outro. Como não havia ninguém por perto, apanhou o pacote de biscoitos e a garrafona de guaraná e colocou-os num dos carrinhos vazios. E zarpou dali.

*Até a noite de ontem, aos setenta e lá vai pedra, nunca tinha feito nada errado na vida.*

Sempre fora uma pessoa bem-comportada. Se existisse uma lei, cumpria. Não gostava desse povo que está sempre querendo reclamar da vida, que critica tudo, que ataca o governo. O jeito dele era ser respeitador, obediente. Mas o problema é que, por causa de um elemento irritante, havia se transformado em ladrão. Um amigo do alheio, como dizia o locutor da rádio.

Era fã do repórter que fazia o programa *A ronda das delegacias*. João Garcia era o nome dele, um baita vozeirão. "O amigo do alheio foi surpreendido com o produto do furto." Não perdia programa do João Garcia nem a pau. "Deu entrada já sem vida no nosocômio." Além do vozeirão, as frases bonitas. "Os marginais estão cada vez mais audaciosos."

Se ele, Fulgêncio, fosse apanhado pela polícia com aquela muamba no carrinho, e depois fosse lavrado um boletim de ocorrência, o que diria o radialista?

"Um meliante de avançada idade foi surpreendido pelos homens da lei ao..."

Parou, voltou-se e examinou a porta iluminada do supermercado.

Pensando bem, ainda não havia roubado nada. Podia desistir, bastava entrar por aquela porta e procurar o gerente. Diria a ele:

— Uma pessoa deixou isso aqui na calçada.

— O senhor viu quem foi?

— Não.

— Quer dizer que o senhor vinha passando pela calçada e, de repente, sem mais nem menos, deu de cara com um carrinho com essas mercadorias. Foi isso que aconteceu?

— Exatamente isso.

— É um caso raro. Vamos ter de chamar a polícia. O senhor espere um pouco.

O gerente podia ser um desconfiado. Aliás, o que mais tem hoje em dia no mundo é gente cabreira. Ninguém acredita no que os outros dizem.

No entanto, se, por acaso, o gerente fosse bonachão? Ora, também tem gente boa em supermercado. Talvez ele dissesse simplesmente:

— Tá certo. Deixe o carrinho aqui. A gente devolve depois. Quem perdeu isso aí vai voltar.

Esse era o grande problema. Se entregasse a mercadoria, ela ficaria à disposição do gordo. Não, isso não. De jeito e maneira. Era batata que um sujeito pão-duro como aquele voltaria para reaver suas compras.

*Seria uma injustiça se dessem de volta as bolachas e o guaraná àquele asqueroso.*

Pior ainda seria se, não satisfeito depois de recuperar a mercadoria, o barrigudo apresentasse queixa na polícia. Pela conversa dele, via-se que era bem capaz de uma patifaria dessas.

E, aí, se por hipótese a polícia viesse atrás dele e o prendesse?

Em cana não iria. Escutara na rádio que não metem na jaula pessoas acima de setenta anos. Ainda mais no caso dele, que só roubara umas porcarias.

Sentia o coração tropicando dentro do peito. Afinal, nunca se envolvera numa ladroeira. Duas expressões martelavam-lhe o tempo todo a cabeça: produto de roubo, produto de furto. O crime que praticara enquadrava-se em qual delas? Não sabia. Nunca lhe entrara na moringa a diferença entre furto e roubo, embora o pessoal da rádio explicasse todo dia que um desses crimes era praticado mediante ameaça com arma.

Indo ao fundo da questão, a verdade é que ainda não era um ladrão. Não havia comido um só biscoito ou bebido um só gole do guaraná. E também não tinha nem triscado o chocolate que levava no bolso da jaqueta.

Então o Diabo se movimentou de novo dentro do seu peito e lhe disse:

— Fulgêncio, vai até um lugar bem escuro, onde ninguém te veja, bota as bolachas no chão e sapateia nelas. Depois abre a garrafa e derrama o guaraná por cima.

Não deu ouvidos ao Tinhoso. Sabia com certeza que aquilo de destruir alimentos era pecado ainda mais grave do que roubar.

## Carrinho

Ao fim do descampado enorme destacava-se o negrume maciço do edifício da antiga estação do trem. Sabia que uns mendigos costumavam se recolher por ali para passar a noite.

*Minha ideia era dar as mercadorias pra qualquer esmoleiro.*

Atravessou a esplanada mal iluminada por uns poucos postes como um sujeito que voltasse para casa com um carrinho de compras honestas. No fundo, porém, sabia que havia se transformado num larápio. Aquilo doía nele. Se fosse pego pela Polícia, morreria de desgosto. O locutor tinha cada palavra para ladrão! Descuidista era a pior.

*Um nome carregado limpo por setenta e seis anos não é pouca mecha.*

Gostaria que o carrinho não sacolejasse tanto nos paralelepípedos, que ringisse menos. Parou perto de um poste e aproveitou a luz para examiná-lo. Era bonito, bem novinho, de metal reluzente, com rodas de borracha maciça e um guidão acolchoado.

*Por que os supermercados não vendem carrinhos?*

Se vendessem, na certa fariam um bom dinheiro, porque um carrinho daqueles não servia só para transportar compras. Daria até, por exemplo, para levar uma criança à escola.

*Há pirralho que é muito preguiçoso.*

Era o caso do seu neto. Quando bem pequeno, o guri era reforçado e pescoçudo. Com dez meses já ficava em pé no berço. Parecia um bezerro de tão troncudo, mas era mandrião que era uma coisa séria. Mesmo quando ficou maior, com três, quatro anos, continuou querendo colo o tempo todo.

*Mimo demais deixa a cria manhosa.*

A verdade é que por anos andou para cima e para baixo com o neto nos braços. Sentia muita pena do pobrezinho que não tinha nem pai nem mãe. Lamentava mesmo era a falta da mãe, porque sem pai uma criança se vira muito bem, sim senhor. Sem mãe, a coisa pega.

A mãe do guri era uma moça muito bonita. Alta e loira, com uns olhos verdes de gato. Pena que era uma pessoa muito triste. Ela só deixava o quarto nas horas das refeições. Comia pouquinho, quase nada. Se lhe faziam alguma pergunta, respondia com um sussurro.

*A mãe se foi mal o guri desmamou.*

Nunca soube que rumo ela tomou. O sumiço da moça foi um baque danado para o pai do guri.

*O infeliz, que não era lá grande coisa, ficou inservível. Não se firmou mais em serviço nenhum. Vivia batendo boca com os chefes e sendo demitido. Deu pra beber. Era um espírito fraco.*

Ao aproximar-se do imenso edifício, imponente mesmo depois de tantos anos abandonado às intempéries, o velho percorreu com os olhos as fileiras de grandes janelas que eram como manchas negras na fachada mergulhada nas sombras.

*Se tem coisa que me assusta é prédio grande sem gente dentro.*

Empurrando o carrinho, penetrou na faixa mais escura que atravessava, de ponta a ponta, a frente da construção. Antes que seus olhos se acostumassem ao negrume, escutou uma voz clara e vibrante:

— E aí, meu amigo, ganhou esse carrinho de presente do dono do supermercado?

Era fala gozadora, de gente que mal segurava o riso.

Respondeu em voz alta para alguém que não via:

— Não, não ganhei. Só peguei emprestado.

Explodiu então uma risada forte de homem grande:

— O senhor é dos meus. Gosto de gente mentirosa. Venha pra cá. Vamos bater um papo.

Fulgêncio percebeu que algo se movia à sua esquerda. Era a cabeça de um homem que se projetava para fora de um caixote que estava encostado à parede do edifício. A seguir surgiu, de gatinhas, um corpo. O homem pôs-se de pé. Era alto e largo de ombros.

Cauteloso, Fulgêncio dirigiu-se até onde ele estava. Não gostara de ser chamado de mentiroso, mas a voz do homem era tão calorosa que não sentira necessidade de reclamar. Ao lado da grande caixa de papelão encostada à parede, havia um carrinho igual ao que ele tinha trazido até ali.

— O senhor, por acaso, tem aí alguma coisa pra beber?

O velho pigarreou para limpar a garganta:

— Só guaraná.

— Isso não! Prefiro soda cáustica.

Aquela era uma voz bonita, de pessoa educada, de gente que sabia colocar as palavras nos lugares certos.

— Pra comer, tenho umas bolachas.

— Isso pode ser, porque estou com um pouco de fome, mas hoje, por causa dessa Lua grande, estou mesmo é com sede de bebida pesada.

Enquanto o homem acendia uma vela e a assentava depois num pires, junto à caixa de papelão, Fulgêncio pôde observá-lo. O rosto estava perdido no meio de uma espessa barba castanha, mas dava para ver que o nariz era fino e que os olhos eram claros. Calculou que teria uns quarenta anos.

— Que bom que, além de alma caridosa, o senhor é também ladrão!

— Não sou ladrão!

— Que pena! Respeito os ladrões e odeio as almas caridosas.

Em silêncio, devagar, o velho abriu o pacote de bolachas e entregou um bocado delas à mão grande que se estendia na sua direção. Ficou em dúvida: seria aquele homem bom das ideias?

Resolveu mentir:

— Encontrei o carrinho com essas compras na frente do supermercado.

— O mundo funciona às avessas. Se eu não bebesse, o senhor teria vindo até aqui com uma bela garrafa de vinho.

Sentindo subitamente o cansaço do longo dia, o velho sentou-se no chão, com as costas contra a parede.

— Isso mesmo, acomode-se — enquanto falava, o homem mastigava ruidosamente os biscoitos. — De início, pensei que o senhor era um enviado do Diabo. Não gosto de fazer perguntas, mas estou intrigado: o que faz um cidadão distinto como o senhor num lugar tão escuro?

— É uma longa história.

— Meus ouvidos estão sempre prontos pra escutar histórias.

— Não é uma história alegre.

— Melhor ainda.

O velho ficou calado por um tempo antes de dizer:

— Meu neto vai morrer.

— Morrer nunca é o pior. Viver é bem mais doloroso.

## Passeio

Fulgêncio suspirou fundo.

Por que dava trela a um lunático?

Lunático, sim, porque, na certa, aquele sujeito não batia bem da bola.

Por que não levantava e se ia embora?

A resposta era simples: não se ia dali porque tinha grande precisão de pôr para fora aquilo que trazia entalado na goela.

— O guri tem apenas onze anos. É muito inteligente.

— A Terra não é um bom lugar pra pessoas inteligentes. Os estúpidos e os violentos é que vivem bem por aqui.

— Ele tem câncer. Hoje de manhã, o médico abriu o guri, olhou e viu que o corpo todo tava tomado pela doença. Costurou de volta sem cortar nada.

— Conheço muitas histórias de medicina...

— O doutor me mandou deixar o guri à vontade. Disse que ele não dura muito.

— Médicos quase sempre se enganam. Tenho conhecimento de causa. Pode ser que o menino sofra por muito tempo.

— Não fale assim!

O velho sentiu pena do barbudo. O pobre era demente, mas, pela voz educada, pelo fraseado bonito, via-se que ele devia ter sido pessoa decente antes de enlouquecer.

O homem deixou cair a cabeçorra entre os ombros largos:

— Tá bem. O menino viverá o que tem de viver.

— Existem velhos por aí que têm dez, quinze netos. Não é o meu caso. Veja: me amiguei tarde. Só tive condições de me juntar depois que minha mãe morreu, porque eu sustentava a velha. Eu e a minha falecida mulher ficamos no primeiro filho porque a coitada tinha a anca estreita. Pois bem, passou o tempo e esse meu filho só conseguiu me dar um neto. A morte veio e passou a gadanha pela minha volta, levou meu filho e logo em seguida carregou com a minha companheira. Aí, sobramos eu e o pequeno. Agora, ela voltou pra tomar o que me restou.

— Brigar com a morte é inútil.

— Eu sei. Nem deveria falar sobre isso. Não adianta nada.

— Onde está o moleque?

— No hospital.

— Hospital é um lugar ruim pra quem tá doente...

Em geral, Fulgêncio não se apiedava dos loucos. Achava até que eram felizes dentro do mundinho sem lógica deles. Mas por um doido como aquele, bem-apessoado, condoía-se. Perguntou:

— O senhor tem pai, tem mãe?

— Eu sou meu pai e sou minha mãe. Isso é uma coisa. A outra coisa é que eu era pai de duas crianças e marido de uma mulher. Isso faz tempo... Mas a gente tava falando de hospital. Aquilo lá não é um bom lugar prum menino, mesmo que moribundo.

— Veja como fala! A todo instante o senhor usa uma palavra que me magoa.

— Tire o garoto de lá agora mesmo. Garanto que ele vai morrer mais feliz fora do hospital.

— O senhor não sabe o que tá dizendo!

Uma gargalhada estrondosa sacudiu o corpanzil do barbudo:

— Leve o moleque pra dar um passeio. Hoje temos uma bela noite, de Lua cheia, e não faz muito frio.

Depois que parou de rir, o homem ficou calado por um bom tempo fixando, de olhos bem abertos, a luz do poste mais próximo.

O velho tentou reatar o assunto:

— O senhor me disse que foi casado e teve dois filhos...

— Disse? E o senhor, acreditou em mim?

— Claro!

— Não devia. Sou louco. Volte àquele maldito hospital, pegue seu neto e leve ele pra casa. Sua casa é longe daqui?

— Uns dez quilômetros.

— Se fosse o senhor, eu pegava o garoto, metia ele dentro desse carrinho e levava ele pra passear. Em uma hora, duas, o senhor chega em casa. Ligue a televisão e deixe que ele assista até adormecer. Amanhã, quando ele acordar, leve ele pra passear de novo. É melhor que morra passeando.

— Não fale desse jeito, eu lhe peço.

— É melhor que ele morra! — o homem ergueu a voz.

Devagar, penosamente, o velho fez menção de levantar-se, mas foi impedido pelo outro, que o segurou com firmeza pelo ombro:

— Fique aí e cumpra sua promessa. Me conte sua história!

— O senhor me interrompeu muito e eu me desviei...

— Não vou mais piar.

## Carrasco

O velho tornou a sentar-se.

Como estava ressentido com as coisas que o doido

dissera, ficou de boca fechada por uns bons momentos. Mas maior que sua contrariedade era a necessidade que sentia de desembuchar:

— Como eu lhe disse, a gente teve só um filho. O parto foi complicado. O bebê foi tirado a ferro. Esse meu filho era um doce quando pequeno, mas, quando cresceu, se meteu com gente ruim. Andava com uns malandros mais espertos do que ele. Era maria vai com as outras. Fazia o que os outros mandavam. Uma vez, logo depois de sair do quartel, roubou uma bicicleta, só pra se exibir. Foi preso e levou uns tabefes da polícia. Na cara. Bem feito. A verdade é que ele não era chegado ao trabalho. Gostava mesmo era de jogar futebol. Batia bola direitinho, mas não tinha categoria pra jogar em time de camiseta. Um dia ele apareceu lá em casa com uma guria prenha. Era uma alemoazinha, bem novinha, que ficou morando com a gente. Nessa época, meu filho serenou o facho: arrumou emprego numa fábrica. A guria não falava, quase não saía do quartinho deles. Aí, um dia, ela pariu. Voltou da maternidade e continuou na mesma: recolhida no quarto e de boca fechada. Quando o bebê largou o peito, ela ganhou o mundo.

— E o seu filho, o que aconteceu com ele?

— Depois que a mulher dele se foi, meteu-se na cachaça. Tinha cabeça fraca, vivia sendo chutado dos empregos. Morreu esfaqueado. Foi apartar uma briga e tomou um furo na barriga. Estava com vinte e três anos. Aí, eu e a minha mulher ficamos com o bebê pra criar. Veja só que tragédia: Meu filho morreu um dia antes do primeiro aniversário do guri. A minha patroa não aguentou o tranco. Durou pouco mais de mês. Faleceu de pura tristeza.

— Digamos que eu seja um médico. Digamos que o meu diploma tenha sido cassado. Mesmo assim, siga minha receita. Vá até o hospital e pegue seu neto. Ele é um bem valioso. Saia com ele por aí, a esmo. Vá contando histórias pra ele. O melhor deste mundo é a vibração da voz que nos conta uma história. Pegue seu neto e fale com ele o tempo todo, até que os ouvidos dele se fechem pra sempre.

O homem sem juízo ajoelhou-se, juntou as mãos diante do peito e orou:

— Eu te agradeço, meu Pai, por teres enviado esta alma sofrida até a minha humilde morada numa bela noite de Lua cheia. Ajuda-o, neste momento penoso da vida dele, de maneira que possa suportar os poucos dias que ainda terá nesta terra de sombras, até que vá se juntar aos seus parentes que antes dele se foram para o Teu reino de glória.

Passado um tempo, como o barbudo permanecesse ajoelhado, rezando em silêncio, o velho se pôs de pé. Agarrou o guidão do carrinho e partiu, mas não havia dado nem dez passos quando ouviu de novo a estrondosa gargalhada do louco, que gritou a seguir:

— O senhor já foi ao cinema? Já viu filme de carrasco? Se não foi, não tem problema, mas uma coisa eu lhe peço: faça a última vontade do menino.

## Desejo

Perseguido por aquele riso que parecia interminável, Fulgêncio afastou-se da estação.

Por que dera trela a um alucinado que enfileirava uma palavra dolorosa depois de outra?

Mas uma coisa tinha de reconhecer: embora demente e bruto, aquele barbudão sabia falar direito.

Como era mesmo a última frase dele?

Faça a última vontade do menino.

Qual seria mesmo o maior desejo do guri?

De saída, o velho pensou em basquete, claro, mas o piá já tinha tudo: bola, cesta, tênis e camiseta. Com roupa nova o guri não se importava muito. Gostava era de livros, que retirava às braçadas da biblioteca da escola. Mas livros ele, Fulgêncio, não saberia escolher, nem gibis.

Considerou depois a compra de uma bicicleta, mas desistiu porque o piá estava debilitado e não ia se recuperar.

De repente, já perto do hospital, veio-lhe à lembrança uma discussão travada no último verão.

*Ele me enchia os tubos falando no mar.*

Volta e meia o neto insistia com ele para que fossem à praia, mas naquele dia o bate-boca se espichou. O guri começou dizendo que podiam sair de casa bem cedinho, que a viagem de ônibus durava uma hora, que dava para retornar no fim da tarde. O velho alegou que não queria passar duas horas, somando a ida e a volta, se sacudindo dentro de um ônibus, sufocando de calor. E perguntou:

— E onde é que eu vou gastar o meu tempo enquanto tu estiveres te esbaldando na água?

— Ué, o senhor pode ficar numa pracinha que existe na avenida principal. É cheia de árvores e tem uns bancos na sombra.

— Mas sol demais faz mal pra gente de pele clara como tu. E eu não tô aqui pra rasgar um monte de dinheiro em creme de bronzeado.

— Eu posso tomar banho com camiseta de manga e de boné. O senhor nunca viu um surfista?

— Nunca. Nunca nem vi o mar. E passei muito bem sem ele até hoje. E te pergunto: que graça tem uma água que não serve nem pra se lavar?

— O que eu quero, vô, é me enfiar de corpo inteiro dentro daquela salmoura.

Nesse ponto das lembranças, o velho freou bruscamente o carrinho.

O mar, por que não?

## DÓ

Parou perto do ponto de táxi.

Encostou o carrinho num poste e pediu ao motorista que estava por ali que desse uma olhada enquanto corria até o hospital.

— Vou num pé e volto no outro.

Os olhos escuros do motorista se fixaram no carrinho, com sua carga resumida a uma garrafa de guaraná e um pacote de bolachas aberto. Depois, sacudindo os ombros, o homem disse:

— Se quiser deixar aí, deixe, mas não me responsabilizo. Pode ser que eu receba um chamado daqui a pouco. Agora, o que mais tem aqui pela volta é ladrão. Ladrãozinho vagabundo. Eles levam tudo que veem pela frente.

Sem retrucar, o velho atravessou a rua em direção ao pronto-socorro. Pegou no bolso interno da jaqueta a barra de chocolate, já meio mole, e com ela na mão entrou de cabeça em pé no saguão iluminado. Para todos os efeitos, era um sujeito que havia saído pouco antes a fim de comprar merenda para um parente internado.

Não havia gente diante dos guichês. Só quatro ou cinco pessoas estavam esparramadas pelos bancos. Um guarda uniformizado conversava com a única atendente. O velho percebeu que os dois exibiam o sorriso encabulado de gente que estava de namorico.

Embarafustou pelo corredor às escuras, naquele momento atravancado por meia dúzia de macas. Em todas elas havia pessoas deitadas, uma delas até tomando soro. Caminhou tranquilo, na direção do banheiro, mas não se deteve ali. Passou direto.

De repente, escutou um gemido. Era um murmúrio fraco de pessoa que não queria chamar a atenção dos outros.

*Aquilo me deu nos nervos. Fiquei todo arrepiado.*

Olhou em torno, mas não descobriu de que maca vinha o suspiro. Teve dó daquele vivente. Se a criatura tivesse berrado, não teria sentido tanta pena. Pensou então que ele próprio passara aquele dia penando em silêncio para que não atentassem no sofrimento dele. Só conseguira falar sobre a doença do guri pouco antes, e com um doido.

*Um dia inteiro sem desabafar é uma pedreira.*

Parou junto à última maca do corredor, sobre a qual ressonava uma mulher muito gorda. Para disfarçar melhor, abaixou-se e, meio agachado, fingiu que ajeitava alguma coisa debaixo da maca. Deixou-se cair de joelhos e, arrastando-se de gatinhas, entrou no corpo do hospital.

Mal caiu no corredor iluminado, pôs-se de pé. Já sabia em que direção deveria seguir para alcançar a enfermaria. Sentia uma vontade louca de correr, mas sofreou a passada. Cruzou por várias enfermeiras, todas o ignoraram.

*Ninguém ia desconfiar que um caquético como eu estava dando uma de espertinho.*

## Sangue

Nessa caminhada, lembrou-se da única vez em que estivera internado. Ainda bem que naquela época já vivia na cidade. Se morasse no mato, teria ido direto para o fogo do inferno.

*Um dia me veio uma dor que me derrubou de cama. Apendicite. Fui carneado e me salvaram, mas peguei nojo de hospital.*

A verdade é que ele podia ter morrido com menos de vinte anos. Mas, aí, nesse caso, o guri não existiria. No final das contas, olhando por esse lado, valera a pena ter sido operado. Sim, só pelo piá.

*É um rapazinho desembaraçado uma barbaridade. Sabe falar com qualquer pessoa, pobre ou rico. Trata bem todo mundo. E nunca fica envergonhado, como eu. Bem que todo avô merecia um neto assim.*

Cinquenta e tantos anos depois da crise de apendicite, ali estava ele de volta ao hospital. Porém, pela ordem correta dos acontecimentos, quem devia estar andando pelo corredor era o guri, não ele.

*Se desse de cara com Deus, eu diria a Ele: depois de levar o guri, acabe logo comigo, Senhor, me liquide com uma presepada só, porque não vou ter quem zele por mim no meu desenlace.*

Sim, tinha pavor de hospital. Sufocava ali dentro. Era como se o sujeitassem pelo gasganete.

Hospital, para ele, era um lugar só de sofrimento e de morte. Sabia que muita gente saía curada de lá, mas o que podia fazer se pensava daquele jeito?

Pois ali estava ele, dentro de um hospital, mesmo contra sua vontade. Pelo neto faria qualquer sacrifício. Aliás, nunca fora homem de chiliques. Quando tinha de fazer uma coisa necessária, fazia, mesmo não gostando.

Se uma pessoa tem amigos e parentes numa cidade, é natural que vá a hospitais. Essa, no entanto, não era a situação dele, um homem sozinho. Tivera dois ou três companheiros de trabalho, mas que já haviam falecido. Seus poucos parentes tinham se dispersado pelo mundo, perdera o contato com eles. Só lhe restava mesmo o piá.

A verdade nua e crua é que sua família estava sumindo do mapa. O guri, condenado, não escaparia de jeito nenhum. Ele próprio, Fulgêncio, era o último macho e estava muito velho. Logo não haveria mais ninguém para sustentar o sobrenome da família. Sentiu um guascaço na alma, mas logo se acalmou.

*Carregar em frente o nosso sangue pra quê? Somos gente de pouca luz.*

## Janela

Pisando macio, entrou pelo corredor da enfermaria, então mergulhada numa luz mortiça, e foi até onde estava o guri. Ainda bem que a cama dele ficava pertinho da janela. Abaixou-se, beijou o neto na testa e entregou-lhe a barra de chocolate.

— Será que eu posso comer, vô?

— Mas é claro!

O garoto abriu com os dentes a embalagem:

— Deve ter custado caro.

— Nem me lembro do preço.

— Mentira! Quanto foi?

— O que te importa, guri?

Enquanto observava o menino mordiscar o chocolate, o velho sentiu que a última peça do quebra-cabeça se encaixava.

Ao romper do Sol, claro!

Tinham de chegar à praia ainda no escuro para ver o Sol nascer por trás do mar. Ficariam bem na beiradinha da água, lado a lado, só apreciando o espetáculo.

Depois de duas dentadas, o guri devolveu-lhe a barra de chocolate, dizendo que comeria o resto mais tarde. O velho tornou a colocar o chocolate no bolso interno da jaqueta, aproximou sua boca do ouvido do garoto e sussurrou:

— Vamos embora.

— O quê?

— Fala baixo! — soprou Fulgêncio. — Vou te levar daqui.

Olhos arregalados, o menino indagou num fiapo de voz:

— Mas agora, vô?

— Agorinha mesmo.

O garoto se ergueu sobre os cotovelos:

— Como assim?

— Vamos sair pela janela.

— O senhor enlouqueceu? E a minha convalescença?

— O quê?

— Preciso me recuperar. Na rua posso pegar uma infecção.

— Pega nada. Guri forte como tu aguenta tudo.

— Não vou com o senhor! Vou passar a noite aqui. Amanhã, a gente sai.

Ao perceber que o homem da cama mais próxima, o da face cadavérica, se movia inquieto, tentando escutar o que diziam, o velho baixou ainda mais a voz:

— Vou te levar pra um passeio bárbaro.

— Onde?

— Vamos ver o mar.

— No inverno?

— O que é que tem? A água não tá congelada.

— Mas o senhor não tem dinheiro pra passagem, vô!

— Arranjei um jeito de te levar até lá.

— O senhor tá brincando?

— Tudo o que é teu tá dentro desta mochila?

— Sim.

— Então vamos sair pela janela.

— Vai doer o corte da minha operação, vô.

— Deixa de fita. Tu não é mulherzinha.

O velho caminhou até a janela alta e larga. Pôs-se na ponta dos pés e girou o trinco com facilidade, mas teve de usar de força para puxar uma das folhas da veneziana. Um jato azulado, resultante da mistura entre a luz da Lua e a do poste, pintou um retângulo no chão da enfermaria.

— O que é que tá havendo aí? — perguntou uma voz de mulher.

Fulgêncio imobilizou-se por um instante, mas, rápido, apanhou a mochila ao lado da cama.

— O senhor não vai arregaçar toda a janela, vai?

Sem responder, o velho soltou a mochila, que caiu com um estrondo seco na calçada. Depois voltou à cama e pegou o garoto no colo, espantando-se com a leveza dele.

— O que é que o senhor tá fazendo? Ficou maluco?

A voz esganiçada da mulher agitou os corpos jogados sobre as camas.

— Olha que eu vou chamar a enfermeira!

## Lua

Delicadamente, o velho sentou o menino no parapeito, com as pernas viradas para a rua. Voltando o rosto para o interior da enfermaria, disse com voz mansa:

— Calma, minha senhora. O guri tá sufocado. Ele só precisa de um pouco de ar.

— Isso de abrir janelas não é permitido aqui.

— É um minuto só. Eu lhe garanto.

Fulgêncio foi até a cama e, rapidamente, dobrou o cobertor. Pôde ver então a mulher sentada numa cama próxima. Era uma gorda de cabeleira desgrenhada, que insistiu:

— Tire o menino da janela! O coitado pode cair.

Como havia feito antes com a mochila, o velho

deixou cair na rua o cobertor. Alguém, pelo meio da enfermaria, com uma voz muito rouca, quase incompreensível, grunhiu:

— O velho tá roubando as cobertas do hospital!

Sem saber o que retrucar, Fulgêncio limitou-se a dizer:

— É uma bonita noite de Lua cheia.

Alguém soltou uma gargalhada nervosa. O velho puxou a segunda lâmina da janela. Com um movimento ágil, sentou-se no parapeito ao lado do neto. Por fração de segundo foram duas silhuetas negras recortadas contra o escuro mais claro da noite. Mas o quadro logo se desfez porque o velho simplesmente deixou-se resvalar para a rua. Caiu de pé. Sentiu uma agulhada violenta nos joelhos, mas voltou-se de imediato para o guri e ergueu os braços.

— Te solta!

O garoto vacilou por um segundo, mas deixou-se cair nos braços do avô, que o sentou na calçada, com as costas apoiadas na parede.

— Doeu?

— Quase nada, vô.

— Espera um segundinho.

O velho atravessou a rua no trote. Na esquina empunhou o carrinho e, já cruzando a rua de volta, gritou um obrigado para o motorista de táxi. O carrinho pulava como um bagual sobre o calçamento de pedras irregulares. Fulgêncio ergueu o rosto e viu duas cabeças enquadradas na janelona: a gorda descabelada e o narigudo

cadavérico. Parou exatamente debaixo de onde eles se encontravam.

Depois de retirar a garrafa e os biscoitos, acomodou o guri dentro do carinho. Jogou por cima das pernas dele a mochila, o cobertor e as mercadorias.

— O senhor vai matar essa pobre criança.

— Não é da sua conta.

— Pois agora eu vou chamar a enfermeira.

— A senhora que chame. O guri recebeu alta.

— Mentira! Por que ele não saiu durante o horário do expediente?

— Porque eu me atrasei.

— O senhor tá é roubando material do hospital!

— Devolvo amanhã.

— O senhor é um velho mentiroso. Mentiroso e ladrão.

## Palavrão

Felizmente, a rua era em declive acentuado. O carrinho ganhou velocidade.

Para despistar um possível perseguidor, o velho dobrou à direita na primeira esquina. Correndo, atravessou aquela quadra e entrou à esquerda. Sempre a trote, percorreu mais dois quarteirões antes de mais uma vez quebrar à direita, desembocando numa ruela estreita. Esbaforido, conduziu o carrinho até a parte mais escura, bem distante do único poste da rua e ali se deteve disposto a compor a respiração para seguir adiante. Viu que o guri, acomodando-se no carrinho, trazia os olhos iluminados pela excitação da fuga.

Não tiveram um minuto de sossego porque, de repente, escutaram um estrondo de porta se fechando com força. Levaram um susto bárbaro. Na sequência, ouviram estampidos de saltos femininos batendo com força na calçada. O velho olhou por cima do ombro.

— Quem vem aí, vô?

— Uma mulher, alta que é uma coisa séria!

— Tá sozinha?

— Parece.

— Deixa eu ver.

O velho arrancou com o carrinho e fez uma curva suave de modo que o menino pudesse observar a estranha figura.

— Tem mais de metro e noventa, aposto.

Uma voz arrastada, muito rouca, estranhamente nasalada gritou:

— O que é que o senhor leva aí no carrinho? É um cachorro?

O velho não respondeu, e os estampidos do salto ferrado contra a calçada tornaram-se mais estridentes:

— Espere aí, seu moço. Me dê uma carona pra baixar esta rua.

Fulgêncio diminuiu a passada e a mulher emparelhou com o carrinho ao chegarem à esquina. Era uma negra, muito alta e magra, enfiada num vestido vermelho, curtinho, muito justo. Suas botas, que lhe subiam até os joelhos, eram também vermelhas e deviam ter sido confeccionadas com o mesmo material brilhante com que fora feito o vestido. Por cima dos ombros a mulherzona trazia um xale cor de laranja.

— Que bom ter companhia numa noite tão bonita! Com essa luazona, eu fico toda romântica!

A mulher rebolava de um jeito tal que dava a impressão de que lhe faltava um parafuso importante no meio do corpo. Parecia que ia quebrar-se a qualquer momento. O velho não podia ver-lhe as feições porque um penteado esquisito deixava-lhe o rosto permanentemente na sombra. Sem saber o que dizer, moveu o queixo na direção do menino:

— Meu neto apostou comigo que a senhora mede metro e noventa.

— Mas o que é que um pirralho tão lindinho faz dentro de um carrinho de supermercado? É aleijado?

O velho nunca havia escutado uma voz como aquela, fina e grossa ao mesmo tempo, gosmenta, adocicada.

— Que aleijado, que nada! Só não pode caminhar porque foi operado hoje... de apendicite.

— Será que, em vez do apêndice, não cortaram o piu-piu dele?

— O que é isso, minha senhora? Veja como fala! Não se diz palavrão na frente de criança!

— Mas os médicos erram a toda hora. Se a pessoa tem um problema na perna esquerda, eles cortam a direita.

# Namoradinho

Caminharam em silêncio por meia quadra.

— O senhor me desculpe a piada sem graça, mas é que eu não me seguro. Vivo brincando. Não me leve a mal.

— Está desculpada... Ainda que mal lhe pergunte, a senhora vai pra onde?

— O senhor conhece o Clube da Usina?

— Não.

— Pois devia. Muita gente decente vai dançar lá.

— A senhora gosta de dançar?

— Gostar, eu gosto, mas ninguém nunca me tira pra dançar. Sou muito alta.

— Se ninguém tira a senhora pra dançar, por que a senhora vai até lá? Pra ficar esquentando cadeira?

— Não! Eu trabalho na casa. Canto e danço. Faço um *show*.

— Ah, aí a coisa muda de figura.

— O senhor devia me ver cantar.

— Não tenho dinheiro.

— Arranjo pro senhor entrar de graça.

— Obrigado. Mas hoje não vai dar. Além disso, o guri é de menor.

— Falo com o segurança. Vocês entram pelos fundos, mas só podem escutar as duas primeiras músicas porque depois eu vou tirando a roupa. No final acabo pelada.

O garoto explodiu:

— A gente tá com pressa!

— Pressa pra quê, benzinho? Vocês vão pra onde a esta hora da noite?

Como o guri não respondesse, o velho explicou:

— Vamos ver o mar.

A mulher estacou, cravou os braços na cintura, sacudiu os ombros largos.

— O senhor quer me fazer de boba?

O velho continuava sem poder ver-lhe as feições.

— Que nada! Vamos pegar a estrada. Acho que de manhãzinha a gente chega na praia.

— Nesse carrinho muquirana? Sinceramente!

A mulher voltou a caminhar.

— Não é muquirana. É resistente, novinho.

— E depois dizem que eu é que sou esquisita! Credo! Tem cada maluco neste mundo que só vendo!

Abaixando-se na direção do carrinho, ela perguntou:

— Como é o teu nome, fofura?

O garoto virou acintosamente o rosto. O velho ralhou com ele:

— Não seja mal-educado, Anderço!

E, para desfazer a má impressão deixada pelo neto, acrescentou em voz baixa:

— A senhora desculpe. Deve ser por causa da operação. No geral, ele é educadinho... E a sua graça, senhora, qual é?

Ela demorou a responder:

— Keyla. Com K e Y. É o meu nome artístico. E o senhor, como se chama?

— Fulgêncio dos Santos.

— Me diga uma coisa, seu Fulgêncio: o seu neto já tem namorada?

— Que nada! Recém fez onze anos.

— Ora, hoje em dia tem guria que já namora aos oito. É a televisão. Elas aprendem a rebolar com aquelas loiras e logo querem se esfregar num namoradinho.

— Meu neto é ajuizado. Estuda muito.

— Meu negócio é basquete! — gritou o garoto, amuado.

— Adoro jogador de basquete! Tem cada negrão que só vendo! Quem sabe, quando virar jogador, tu namora comigo?

— Sai dessa! Deus me livre!

Na esquina, a mulher se deteve.

— Aqui eu dobro. Tenho mais uma puxada até lá. E estes sapatos me matam.

— A senhora não devia usar saltos tão altos. Faz mal pra coluna.

— Obrigada pela companhia, seu Fulgêncio. Mas uma coisa eu lhe digo: veja se bota um pouco de educação no corpo magro desse seu neto. Ele é um gurizinho muito desaforado.

— Vá com Deus.

## Matemática

Depois que a mulher se afastou, o velho parou o carrinho e encarou o neto:

— O que deu em ti hoje? Nunca te vi tão grosso. A pobre tá indo trabalhar de noite e tu não tem pena dela?

— Dela? O senhor não viu que aquilo era um travesti?

— Um o quê?

— Era um homem fantasiado de mulher.

— Tu acha mesmo?

— Eu notei logo. Aquela voz forçada. Mulher nenhuma se requebra daquele jeito, nem fica o tempo todo revirando as mãos.

— Por que tu não me avisou?

— Não deu.

— Eu nunca ia descobrir. Usava roupa de mulher, tinha um jeitinho...

— O senhor vive no mundo da lua, vô.

— Puxa, caí direitinho! Será que ela faz mesmo um *show*?

— Pode ser que faça.

— Será que tira mesmo a roupa?

— Deve tirar.

— Mas e aí, o sino e os badalos? As pessoas descobrem logo...

— Pode ser que não. Pode ser que ele já seja um transexual...

— Fala língua de gente, guri!

— Pode ser que ele já tenha se operado pra virar mulher.

— Coisa mais sem pé nem cabeça!

— Coisa sem pé nem cabeça é um velho carregando um neto operado num carrinho de super...

Fulgêncio explodiu numa gargalhada. De vez em quando o guri se saía com cada uma!

Arrancou com o carrinho e, por um bom tempo, ainda permaneceu assombrado.

Onde já se viu um homem daquele tamanho botar roupa de mulher, cantar e depois pelar-se?

Uma coisa, porém, tinha de reconhecer: a caminhada e a conversa com aquele homem vestido de mulher serviram para que ele, Fulgêncio, se distraísse. Por uns minutos esquecera que tinha roubado o guri do hospital e que talvez a polícia estivesse atrás deles.

— Guri, tu é um azougue! Como é que eu, burro velho, não desconfiei de que o negrão era um fresco? Estranhei a voz, sim. O coitado queria falar como mulher e não conseguia. Exagerava até no rebolado. Mas não me pareceu má pessoa.

— A gente tá mesmo indo ver o mar, vô?

— Claro! Eu já não te falei?

— Nesse carrinho?

— Quem não tem cão caça com gato.

— Vô, será que o hospital vai mandar a polícia atrás de nós?

— Pode ser.

— Então, apura! Empurra o carrinho com força.

— Talvez a polícia nem venha atrás de nós. Ela deve ter coisa mais importante pra fazer... Como é que tu tá te sentindo aí dentro? Dói?

— Não. É só uma coceirinha na barriga.

— Deve ser o talho da operação... E o corpo? Tá apertado aí dentro?

— Não muito... Vô, leva o carrinho mais perto da parede. Se soar uma sirene de carro de polícia, a gente se enfia num vão de porta.

O velho voltou a rir:

— Êra, gurizinho atilado.

— Em quanto tempo será que a gente chega no mar, vô?

— Calcula tu, que é bom de matemática. Daqui lá são uns quarenta e poucos quilômetros.

— Li numa revista que um soldado forte e bem treinado, com equipamento de guerra e tudo, pode caminhar seis quilômetros por hora. Se a gente fosse soldado, chegava lá em pouco mais de sete horas...

— E um velho magro que empurra um guri preguiçoso num carrinho de supermercado leva quanto tempo?

— Eu não sou preguiçoso!

— Tô só brincando contigo, seu pateta.

## Ponte

Quando desembocaram na rodovia, o velho teve certeza de que não seriam mais detidos. A polícia não viria procurá-los ali.

Olhou para o céu. Com aquela baita Lua ficava

mais fácil procurar o melhor trajeto, de modo que o carrinho pulasse o menos possível.

Se caminhassem como soldados em situação de guerra, levariam sete horas para chegar à praia, dissera o guri. Mas ele não era um milico. Era velhusco e estava muito cansado, com uma dor braba no rodapé da coluna. Tinham, porém, noite e madrugada pela frente. Se andasse numa passada mediana, firme, talvez chegassem à praia antes do nascer do dia.

*Eu conduzia o carrinho pela beirada da pista, de olho nos faróis dos autos que passavam bem perto, zunindo e levantando ventania.*

Era perigoso andar por aquele lado, mas seria ainda pior se os carros viessem por trás deles. Nesse caso, de uma hora para outra, poderiam ser jogados para o alto, ele e o guri, com carrinho e tudo.

Somando o facho dos carros e a luz da Lua dava para ver bem o asfalto que tinham por diante.

*Até onde começa a ponte foi barbada, mas depois virou uma tortura. Quem passa ali de automóvel não sente nada, mas a pé a coisa muda de figura! A ponte vai subindo aos poucos, e quase nem se nota. Mas logo, logo, o cidadão arca com o peso do desnível. Penei um tempão danado pra chegar na parte de cima. Aí, começou a ventar forte contra nós. Ao lado da ponte tem uma passarela pra gente a pé e de bicicleta. Pois foi por ali que passamos. O vento que sopra lá em cima corta a cara da gente. Nessa cruzada da ponte, eu só passei por uma pessoa, uma velha que tinha jeito de louca. Ela até me gritou umas palavras, mas eu não compreendi nada por causa do zunido da ventania. Depois, quando começou a descida eu pensei: agora vai melhorar de vez. Que nada! A rampa me arrastava pra baixo e eu tinha que fazer muita força pra sujeitar o carrinho. E olha que eu já estava de pernas bambas e com os braços em petição de miséria.*

Foi só ao pé da ponte, já do outro lado, que o velho teve noção das dificuldades da empreitada. Até ali viera embalado por umas poucas palavras de um mendigo alucinado, mas como vencer um estirão de quarenta quilômetros se o seu corpo dava sinais de esgotamento?

O jeito era caminhar mais um pouco até encontrar um lugar onde pudesse descansar. E botar em ordem as ideias. Portanto, o que tinha de fazer naquele exato momento era seguir em frente tentando não pensar nas dores espalhadas pelo corpo todo.

Inclinado para diante, forcejando com o guidão, mantinha os olhos atentos à estrada. O carrinho rodava meio ladeado, na beiradinha do asfalto. Se quisesse seguir pelo acostamento de terra, que era mais seguro, teria de fazer ainda mais força.

Veio-lhe então a ideia de voltar atrás.

Mas onde arranjaria força para atravessar de novo a ponte?

Além disso, era quase certo que a polícia o estaria esperando em casa.

O que diria quando os policiais quisessem saber por que retirara o neto na marra do hospital?

Ruminava esses pensamentos quando viu as labaredas.

## Fogueira

Era luz de fogo forte. De início, pensou em incêndio, porque o fulgor estava bem no meio de uma casa que ficava um pouco retirada da estrada, coisa de meia quadra.

Parou o carrinho para examinar melhor as chamas avistadas através da porta e da janela arrebentada. Firmando a mirada, entendeu.

*Não era incêndio coisa nenhuma. Era só uma fogueira dentro de uma casa com jeito de abandonada, sem telhado. Devia ter gente se aquecendo por ali. Então, resolvi me achegar.*

Percebendo no meio do capinzal à veredinha que levava à tapera, embicou por ela. Penou um bocado porque o terreno úmido se grudava nas rodas do carrinho.

*Quem teve a ideia de levantar uma residência no meio de um banhado?*

Se fosse bem recebido ali, pediria pouso para descansar junto ao lume. Recomposto, iria em frente.

*Perto da casa, quando levantei o rosto, levei um baita susto.*

Enquadrado pelo buraco onde estivera a porta da frente, havia um sujeito imenso, muito alto e muito gordo, um verdadeiro gigante, segurando um pedaço de pau na mão direita. O homem parecia mover-se o tempo todo, mas na verdade ele estava parado.

*O que se movimentava, a bem dizer, eram as chamas da fogueira que queimava lá dentro.*

Fulgêncio brecou o carrinho.

## Tapera

O velho esperou que o grandão falasse, mas ele não disse patavina.

De repente, um vozeirão ecoou no interior da ruína:

— O que é que tu qué aqui?

— Descansar um pouco.

— Pode ir embora. A gente não aceita mendigo aqui.

A voz não combinava com as palavras duras que dizia, pensou o velho. Ele julgava ter faro certeiro para identificar, só pela entonação, se uma pessoa era de boa ou de má índole. Aquela voz grossa que respondia de maus modos não o enganava, pertencia a pessoa de coração. Resolveu espichar o assunto:

— A gente? Que gente?

— Eu e o Manuel.

— O Manuel é o do porrete?

— Isso. Ele tem ordem minha pra não deixar passar ninguém.

— Mesmo na nossa situação? Eu sou um velho e o meu neto é pouco mais do que uma criança...

— Bem, nesse caso... Deixa passar as visitas, Manuel!

A silhueta sumiu no interior da casa.

Empurrando o carrinho, Fulgêncio foi até o vão largo no meio da parede, porque de porta ali não havia nem mais sinal, e espiou. No centro da primeira peça, que um dia deveria ter sido a sala, viu o fogaréu. No fundo, um pouco para a direita, avistou o grandalhão, já sem o porrete, e, ao lado dele, sentado num banquinho, um homem que pitava e que disse:

— Entre, companheiro!

Cauteloso, o velho contornou a fogueira e parou diante do fumador, que não se levantou. Era um mulato careca, grisalho, que tinha a cara atravessada de lado a lado por um vasto bigode. O velho estendeu a mão para ele. Cumprimentaram-se. A mão do homem parecia um casco de vaca de tão dura.

— O senhor não teria uma cadeira pra acomodar o meu neto? O guri tá amassado dentro de um carrinho de supermercado.

— Que história é essa, meu amigo?

— Peguei um carrinho emprestado pra levar o guri até o mar.

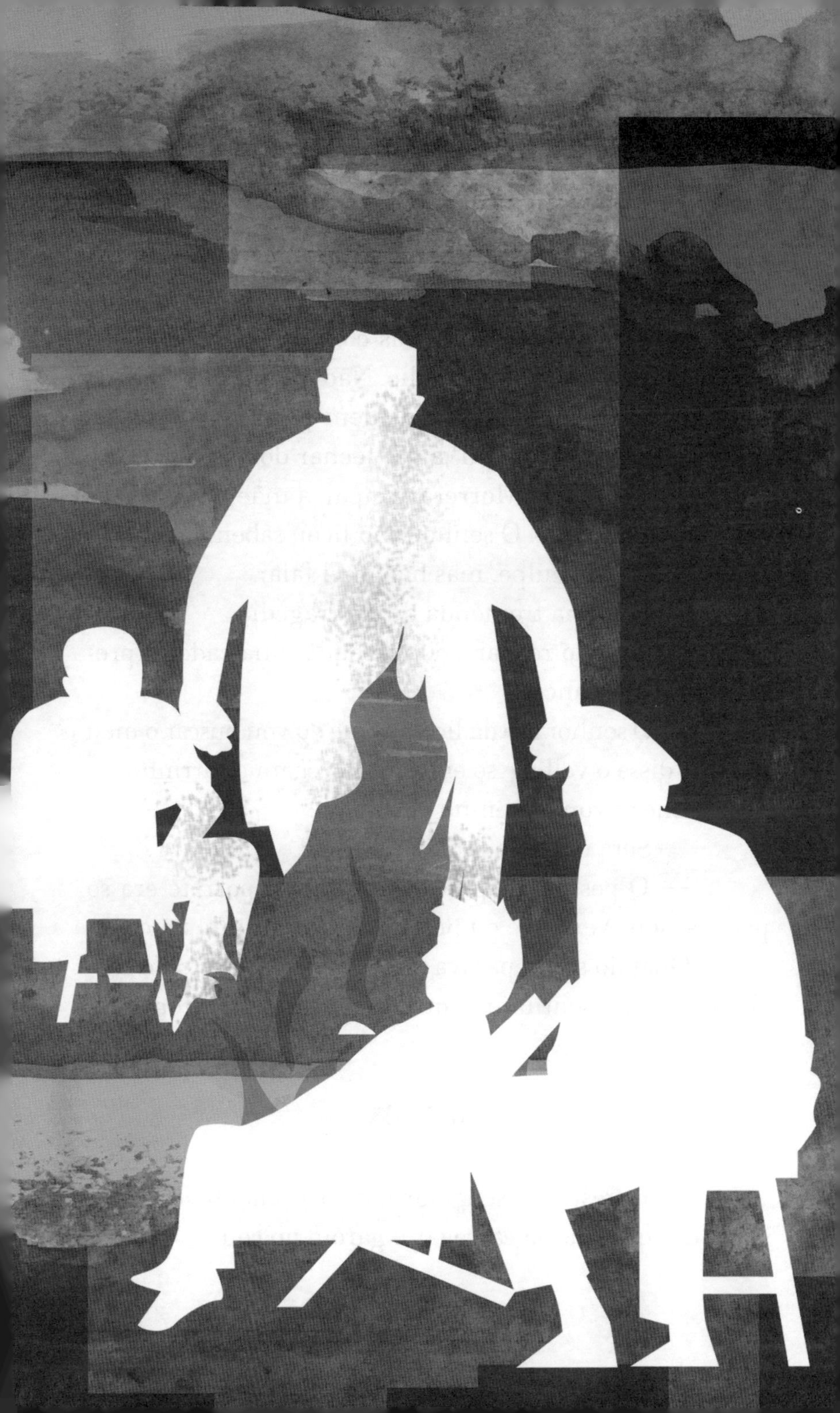

— Manuel, traz a cadeira do pai lá de dentro! E pega um banquinho também!

O gigante vergou-se e sumiu por uma porta que o velho ainda não percebera.

— Agarramos as duas peças aí no fundo pra nós — o homem apontou para trás com o polegar erguido. — Foi o que sobrou do incêndio. Não melhorei a fachada pra não chamar a atenção de quem passa pela estrada. A gente tá morando aqui já vai fechar dois anos. O caso saiu até nos jornais. Morreram o pai, a mãe e três crianças, tudo queimado. O senhor não ficou sabendo?

— Me desculpe, mas não ouvi falar.

— Foi uma tremenda duma tragédia.

O grandão reapareceu trazendo uma cadeira preguiçosa e um banco.

— O senhor me dá licença que eu vou buscar o meu guri — disse o velho e se encaminhou para o carrinho.

Encontrou o menino alarmado:

— Será que não tem perigo, vô?

— O pessoal daqui é gente boa. O porrete era só pra assustar. Vem que eu preciso descansar um pouco.

Quando se preparava para retirar o garoto do carrinho, o velho sentiu um cutucão no ombro. Voltou-se.

## Plantas

Com gestos desengonçados, o grandalhão deu a entender que queria carregar o garoto no colo.

Por uns segundos o velho vacilou, mas acabou cedendo:

— Tá bem. Pode pegar o piá no colo. Mas com muito cuidado, porque o coitadinho foi operado hoje de manhã.

Concordando com golpes de cabeça, o gigante segurou o garoto com facilidade, como se ele fosse um boneco de pano, e o conduziu até a espreguiçadeira.

— Operado, disse o senhor? Eu queria é que existisse algum tipo de operação pra botar cérebro nas pessoas. Aí, eu mandava operar o Manuel. Não é que ele não pense. Pensa. Entende tudo o que eu digo, mas não raciocina por inteiro. É retardadinho. Não fala uma só palavra, mas entende tudo o que escuta. O doutor me disse que foi do parto que ele ficou assim. A mãe dele, minha querida esposa, morreu na mesa de operação. Eu cuido do pobre vai inteirar trinta anos. É uma flor de pessoa, bonzinho, mas não pode ficar brabo. Aí, é um Deus que nos acuda. Tem uma força que nem lhe conto! Ainda bem que ele me atende. Eu falo e ele obedece na hora. É uma alma muito boa. Só vivendo com ele pra saber. Agora que a gente mora aqui ninguém incomoda mais, mas na cidade a gurizada vivia tirando ele do sério, atazanando o infeliz.

Fulgêncio quis saber do neto se ele estava com fome.

— Só sede, vô.

O velho foi até o carrinho e voltou com a garrafa de guaraná e os biscoitos:

— O senhor teria uns copos?

— Claro. Vai lá dentro, Manuel, e apanha uns copos pra nós.

— O senhor aceita umas bolachas?

— Sim, mas não deixe o pacote perto do Manuel. Se a gente se descuida, ele come tudo duma sentada... Se não me engano, o senhor me disse que tá indo ver o mar. É isso mesmo?

— É. Vamos.

— O mar? Não tem grande graça. Uma vez passei por lá. Eu era pouco mais que um gurizote. Olhei de cima, da garupa de um caminhão. É só uma água cinza, com o branco das espumas na beira. Dizem que é fria que chega a doer.

— O meu neto quer conhecer.

— O meu Manuel gosta é de Lua. O senhor sabe por que é que a gente tá aqui fora, no frio? Porque nas noites de Lua cheia o coitadinho se ataca dos nervos. Eu tento botar ele pra dentro de casa, mas ele não entra nem a reboque. Fica encantado com a Lua. Quando é uma noite bonita assim como a de hoje, eu me aguento aqui até quase cair no sono. Aí, me recolho. O Manuel fica até de manhãzinha. Depois, ele dorme o dia inteiro... E tu, meu filho, o que é tu vai ser quando crescer?

— Eu vou ser jogador de basquete.

— Basquete, aquele da cestinha no alto? Eu queria que o Manuel aprendesse a minha profissão. Até tentei ensinar, mas ele não foi adiante. Tem jeito com as plantas, trata direitinho, mas não se concentra. Bota água demais ou não bota. Se dá de cara com uma minhoca ou um sapo num canteiro, ele se desliga, fica brincando. Desisti. Agora nem levo mais ele comigo. Deixo aqui cuidando da casa quando vou trabalhar. Sou jardineiro... Boa essa bolacha aqui, hein?

Fulgêncio serviu guaraná ao bigodudo:

— O senhor acha que em quantas horas a gente chega na praia?

— De carrinho? Nem sei se o senhor consegue. Uma vez eu tive um carrinho desses, mas as rodinhas não sustentaram a briga com o asfalto, que é uma lixa. A borracha se desbeiçou logo... Mas me diga uma coisa: de onde foi o que o senhor tirou essa ideia de ir de carrinho até o mar?

— Sei lá. De repente, me deu na veneta fazer uma vontade antiga do meu neto.

— Aí tá certo. Mas por que o senhor não passa a noite com a gente? Em casa de pobre, sempre tem lugar pras visitas. Amanhã de dia o senhor segue.

— A gente quer ver o Sol nascendo no mar.

— Ah, nem a pau o senhor chega lá de manhãzinha!

— Mas é o jeito. Vou tentar.

## Conversa

Depois de um tempo em silêncio, tempo em que ficou cabisbaixo, com a mão segurando o queixo, o homem exclamou:

— Olha que me veio uma boa ideia! Nas madrugadas de sexta, seu Zezinho vai pra praia. É um vizinho nosso.

— Ele é seu amigo?

— Amigo ele não é nem dele mesmo. É um homem espinhento, revoltado.

— O que é que ele faz na vida?

— É dono de uma chacrinha aí adiante.

— Ele tem camionete?

— Tem um caminhãozinho arrebentado, uma verdadeira fubica. Nem sei como aquilo roda.

— Por que é que ele viaja de madrugada?

— Pra não se pechar com a Polícia Rodoviária.

Intrigado com aquela resposta, o velho perguntou:

— Mas o que é mesmo que ele vai fazer lá na praia?

— Ele diz que vai vender verdura, mas, cá entre nós, ele vai mesmo é entregar carne. A verdura, que é o trabalho que ele gosta, quase não dá dinheiro. Então ele se garante carneando uns bichos num galpãozinho que fica atrás da casa dele. Mata porco, ovelha e vaca...

— É abate ilegal?

— Deve ser. Mas isso não impede que ele dê uma carona pra vocês.

— Não sei, não.

— Mas o senhor não quer chegar antes do Sol?

— Isso eu quero.

— Vamos fazer o seguinte: a gente fica aqui proseando e, mais tarde, o Manuel leva o senhor e o guri até a chácara. É perto daqui.

Fulgêncio percebeu logo que o homem se pelava por uma conversa. Quando o guri fez a ele uma pergunta sobre jardinagem, desembestou a falar. Primeiro, enumerou as plantas de que mais gostava e os cuidados que cada uma delas exigia. Depois, enfileirou o nome das famílias importantes da cidade para as quais tinha trabalhado.

— Cuidei até mesmo do jardim da casa do general comandante do regimento, em plena praça do centro.

Aquecido pelo calor da fogueira, o velho cabeceava.

Constatou que a conversa estava sendo conduzida pelo menino, que interpelava o jardineiro ou cortava-lhe a palavra com outra pergunta quando ele se demorava demais numa explicação. Sorriu orgulhoso. O peste queria saber de tudo. Não tinha assunto que repugnasse. E depois armazenava na cachola o que ouvia.

— Manuel sabe preparar um café com leite que é um primor. Frita bife direitinho, não deixa sapecar...

— Qual é idade mental do Manuel?

— Como assim, guri?

— O senhor acha que a compreensão dele corresponde à inteligência de uma criança de uns seis anos?

— Não sei. Nunca atentei pra isso.

— O senhor já tentou ensinar ele a ler?

— Não. Claro que não. Mal sei rabiscar meu nome.

— Pois o senhor devia. Se ele aprender a escrever o nome dele, é porque tem cabeça de criança de seis anos.

Naquele momento o velho pensou em mandar o neto calar o bico, mas se tranquilizou quando o bigodudo soltou uma risada e disse:

— Tu é um fedelho muito ladino!

A conversa foi se incendiando.

## Modorra

Esforçando-se para manter os olhos abertos, o velho escutava impressionado o vozeirão do jardineiro.

Se tivesse ganhado uma oportunidade numa rádio, aquele pobre homem não precisaria viver com o filho ali no meio do banhado. Poderia apresentar qualquer tipo de programa. Talvez pudesse até mesmo rezar a Ave-Maria. Mas, perdido naquele charco, isolado com o filho doidinho, o coitado não tinha nem com quem conversar. Era um desperdício uma vozona daquelas ter caído para um homem sem plateia.

Que coincidência, era a segunda voz bonita que escutava naquela noite!

Também o mendigo da estação era dono de uma garganta retumbante. E, apesar de doido varrido, sabia enfileirar bem as palavras. Falara até mesmo alguma coisa sobre contar histórias, coisa que ele, Fulgêncio, naquele momento, mais dormindo que acordado, não conseguia lembrar direito.

Por fim o velho descambou para o sono, derrubado pelo cansaço acumulado ao longo de um dia inteiro em que não parara quieto. Com os cotovelos cravados nos joelhos, ferrou por um tanto de tempo que não poderia precisar porque não carregava relógio. Mas, a bem dizer, tinha um reloginho dentro da cachola, tanto que em quarenta anos não chegara um só dia atrasado ao trabalho.

— Acorda pra cuspir, meu amigo!

Foi um sono bom porque, quando o bigodudo lhe deu um tapa na perna, o velho despertou recomposto. Ao levantar-se, sentiu dores pelo esqueleto todo, e a pior era aquela no final da coluna, mas estava com as ideias em ordem.

— Desculpe pela modorrinha.

— Modorra? O senhor mergulhou foi de ponta-cabeça no sono, se afundou de tal jeito que só me restou papear aqui com o seu neto, que é um guri louco de especial. Ele me falou das coisas que eles estudam. É uma pena que o meu Manuel não foi aceito na escola. Eu podia ter aprendido junto com ele. O que eu mais gosto de saber é nome de país estrangeiro...

Fulgêncio distribuiu pelos copos o que restava de guaraná. O guri não quis biscoitos, o velho e o homem comeram um punhado cada um e o resto do pacote foi entregue ao grandalhão. Mastigaram com gosto escutando o craque-craque que fazem as queixadas quando se come uma bolacha bem durinha.

— O senhor agora tem que se apressar se quiser pegar carona com seu Zezinho.

Então, ao se levantar, o bigodudo apanhou do chão uma muleta que o velho não percebera e a enfiou sob o sovaco. Faltava-lhe um pedaço da perna direita, que tinha sido atorada um pouco acima do joelho. Percebendo o olhar de Fulgêncio, explicou:

— Foi uma cobra, uma cruzeira, que me deu um bote.

Enquanto o velho e o homem trocavam um aperto de mão e tapas nas costas, Manuel tornou a pegar o guri no colo. Depois, encaminharam-se todos para o vão da porta desaparecida, onde o perneta se deteve:

— Vá com a proteção de Deus e de Nossa Senhora. O Manuel leva vocês até a chácara. Como eu já lhe disse, não se impressione com o jeito do homem. Seu Zezinho é muito grosso, mas é por conta da vida que leva. Vive sozinho o coitado. A mulher dele mora na cidade e não vem pra cá nem amarrada. Ela diz que é porque não gosta de mato, mas é mentira. Ela não atura é o gênio do homem. Os filhos dele, dois rapazes taludos, enfiaram o pé na estrada mal ganharam bigode.

## Egoísta

Fulgêncio viu-se então, mais uma vez, na rodovia, mas empurrando um carrinho vazio, atrás do grandão que seguia a passos largos com o garoto no colo. Já estava meio arrependido de ter caído na conversa do jardineiro, mas...

*Aquele perneta tinha um riso tão alegre e uma voz tão bonita que engambelava as pessoas.*

Ainda dava tempo de desistir da carona. Talvez fosse melhor seguir de carrinho pela estrada. Se não chegasse a tempo de ver o Sol levantar, azar.

*Eu sou um coió que cai no papo de qualquer um. O meu caso não tem remédio. A cegonha que me trouxe não passou pelo armazém da esperteza.*

Naquela noite, por exemplo, falara com um gordo sem-vergonha, com um doido e com um homem que se vestia de mulher. Em seguida, caíra na lenga-lenga de um jardineiro que de seu mesmo só tinha um filho tolinho. E, para completar, estava prestes a pedir carona a um sujeito azedo que nem a mulher e nem os filhos aturavam.

*Quem manda ser trouxa?*

Vendo que o neto falava entusiasmado, o velho apertou o passo. O assunto era basquete, claro. O guri estava dizendo ao grandalhão que, se alcançasse a altura dele ao ficar adulto, não jogaria de armador, mas de pivô.

O velho conhecia aquelas duas palavras, pivô e armador, mas não diferenciava bem uma da outra. Achava que pivô era o cara que conduzia a bola até o campo do adversário, mas não tinha certeza. Era uma palavra curta, mas que parecia estar sempre se mexendo. Pivô.

De repente suas cogitações foram cortadas pelo estouro de duas risadas diversas, o riso cristalino do garoto e o ronco de bicho grande de Manuel. Lamentou ter pedido a piada.

Depois, o garoto pegou a contar, com muitos detalhes, a história triste de uma guria, sua colega de aula, também de onze anos, que morrera atropelada quando atravessava a rua, na frente da escola, correndo, atrasada, pouco depois de ter soado o sinal.

Inquietou-se.

Por que o guri narrava aquilo?

Teria o danado percebido alguma coisa sobre o seu próprio estado de saúde?

Não, não. Se tivesse tomado ciência de que estava condenado, não teria rido daquele jeito pouco antes.

Por que ele próprio, Fulgêncio, não se lembrara antes da tragédia da coleguinha do neto?

A morte da guria era coisa recente, de dois, três meses.

A resposta era simples: não pensara no caso porque era um grande egoísta. Passara o dia pensando que era o homem mais infeliz do universo, esquecendo que por todos os cantos do mundo existe gente que amarga a perda de filhos e netos.

*A verdade é que a morte, quando baixa a foice, não olha por onde: pega quem acha pela frente.*

Manuel deixou o acostamento e enfiou por uma estradinha que cortava pelo meio o capim alto. O velho o seguiu, penando para que o carrinho vencesse o barro mole revirado por marcas fundas de pneus.

Segurando o guri com um só braço, o grandalhão abriu uma porteira.

Prosseguiram pela vereda até uma casa pequena,

escondida no meio de um cerrado arvoredo, que contornaram pelo lado direito.

Quando chegaram aos fundos, o velho viu o galpãozinho, a uns vinte metros da casa, também cercado por árvores galhudas, mas denunciado por uns fiapos de luz amarelada que escapavam pelas falhas na madeira. Foram até ele. O gigante deteve-se diante da porta e, sempre com o guri no colo, bateu de mão aberta.

## Carne

A porta se abriu com estrondo, deixando à vista um homem baixo e magro com um revólver em punho, que gritou:

— Que merda é essa?

A fraca luz do interior desenhava os contornos do homem armado, que era um frangalho de gente com o nariz espetado para cima. Seus olhos ferozes passaram depressa pelo grandalhão para se concentrarem no velho:

— Depois vocês levam um tiro na boca e nem descobrem por que morreram! O que querem?

Gaguejante, Fulgêncio explicou que estavam ali por indicação do vizinho, o jardineiro perneta e bigodudo, pai do grandalhão. Aquele senhor dissera que ele, seu Zezinho, naquela madrugada mesmo estaria viajando para a praia. Por precisarem de uma carona até o mar, ali estavam.

— E o senhor pensa que sou trouxa a ponto de dar carona a quem eu não conheço?

— Bom, se é assim, a gente vai embora.

O velho deu de mãos no carrinho, esquecido de que deixava o neto para trás, e arrancou, mas não avançou nem três passos porque a voz esganiçada do baixinho voltou a explodir:

— Agora que a cagada tá feita não adianta bancar o orgulhoso. O senhor volte aqui, se apresente e me diga o que vai fazer na praia. Aí, eu talvez leve o senhor.

Fulgêncio estacou e, devagar, voltou-se. Estava contrariado com o jeito espevitado do homem, mas não tinha muita escolha. Precisava mesmo de transporte se quisesse chegar à praia antes da saída do Sol. Reticente, encaminhou-se até onde estava o grandão com seu neto no colo. Em voz baixa, contou por alto sua história e concluiu dizendo que o sonho do guri era ver o mar.

— No inverno?

— Isso mesmo.

— Mas o que é que o senhor faz com um carrinho vazio na mão?

O velho explicou que tinha pegado o carrinho por empréstimo só para transportar o guri, que estava operado, e jurou que o devolveria depois, quando voltasse da viagem.

O baixinho enfiou a arma na cintura, mas, ainda de cara amarrada, resmungou:

— Louco e filho da puta é o que não falta neste mundo.

Fulgêncio espevitou-se:

— O senhor quis me ofender?

O outro soltou uma risadinha curta:

— Filho da puta sou eu, que dou conversa até a cachorro. Mas o senhor fique com o seu neto, e mande embora o abobado. Vou levar vocês. Espere que eu tô acabando de carregar o caminhão.

Com passos largos, o homenzinho voltou ao interior do galpão. Não os convidou a entrar, mas deixou a porta aberta, de modo que puderam ver o que ele fazia lá dentro: colocava caixas com verduras sobre pedaços sangrentos de carne que estavam espalhados pela carroceria.

Concluída a arrumação, seu Zezinho fez algo que deixou o velho e o garoto surpresos. Saiu do galpão, chaveou a porta e, agarrado à maçaneta, puxou para o lado a parede da frente, que corria sobre rodinhas.

Aquilo era um despiste para as pessoas não saberem que um caminhãozinho cabia dentro daquele casebre.

*Até pensei em comentar: que coisa bem bolada! Mas em seguida eu vi que aquela trampa não funcionava por causa das marcas dos pneus no terreno.*

## Trancos

Puderam ver então as entranhas do galpão.

Todas as paredes tinham estantes repletas de porcarias — latas, caixas, engradados, ferramentas, cordas, ferros. No centro, espremido entre as quinquilharias, estava o caminhãozinho.

A explosão do motor jogou uma fumaça preta e fedorenta diretamente no rosto dos visitantes. O velho e Manuel recuaram uns passos dando espaço para que o veículo saísse de ré.

O chão de terra batida do galpão estava molhado como se tivesse sido baldeado com água escura, mas o velho sabia que aquilo era sangue de bichos abatidos.

— Vamos embarcando de uma vez! — ordenou o motorista.

Manuel meteu o pé no estribo e ergueu-se com o garoto nos braços. Com delicadeza, sentou-o no meio do banco do caminhão. Depois, desceu e estendeu a mãozorra ao velho para ajudá-lo a subir à cabine.

Seu Zezinho, que com agilidade de gato havia passado da cabine à carroceria, chamou Manuel à traseira do caminhão e ordenou que lhe alcançasse o carrinho. Depois, com tirões raivosos, estendeu uma lona por cima das mercadorias.

Quando o caminhão se pôs em marcha, Manuel saltou para o estribo da porta direita e, rindo gostosamente, agarrou-se com uma mão à base do retrovisor e com a outra à janela aberta.

A trilha podia ser vista claramente sob a luz da Lua cheia e dos faróis. Era possível perceber até mesmo os buracos.

Sentado sobre um grosso travesseiro para ficar mais alto, quase encostando o peito no volante, Seu Zezinho guiava de um jeito esquisito. Quando via um buraco, girava bruscamente o volante e metia uma das rodas nele, de modo que o veículo sacolejasse violentamente.

*Parecia que ele queria destruir a porqueira de caminhão, mas na verdade ele conduzia daquele feitio só para ver se, num dos trancos, conseguia se livrar do Manuel. Queria jogar longe o pobre coitado.*

No momento em que o motorista reduziu a marcha, para ganhar força a fim de galgar o desnível até a rodovia, o grandalhão saltou para o acostamento.

— O desgraçado me ganhou mais uma vez — resmungou seu Zezinho ao mesmo tempo que botava o braço para fora e fazia um gesto obsceno. — Nunca consegui derrubar esse cretino.

O velho voltou o rosto e viu que Manuel permanecia parado na beira da estrada, acenando com os braços erguidos.

## Discurso

A viagem transcorreu quase toda em silêncio.

Os três mantinham os olhos na estreita faixa de luz que precedia o caminhão. O guri, que adorava andar de carro, ia de olhos bem abertos, embora de vez em quando piscasse de sono. Reta e plana, a estrada só de longe em longe era alterada por uma curva suave.

Naquela hora, aparentemente, só transitavam por ali uns caminhões imensos que tinham as carrocerias atulhadas com enormes caixotes quadrados. Sempre que passavam por um desses veículos, o caminhãozinho dançava um pouco e o motorista soltava meia dúzia de palavrões cabeludos.

O velho até pensou em reclamar, já que nunca dissera uma palavra feia na frente do neto e achava que os adultos deviam se dar ao respeito perto de crianças, mas ficou só no pensamento.

Depois que passaram pelo posto da Polícia Rodoviária, seu Zezinho desembestou a xingar:

— Polícia é tudo patife. Todos os que trabalham nesse posto aí, e são bem uns vinte e poucos, são vagabundos. Como não têm nada pra fazer, além de aporrinhar quem tenta ganhar o seu dinheirinho, eles ficam se exibindo pela estrada nas camionetes novas deles. O que eles gostam mesmo é de multar gente pobre. Se eles pegam um sujeito como eu, pé-rapado, de carro velho, aí mesmo é que eles se esbaldam. Carrão eles não param. Pode ser um graúdo. Então eles têm medo. A mim nunca me pegaram. Sou mais esperto que todos eles juntos. Passo sempre por esta hora. Só tem um acordado, aquele que o senhor viu sentado na mesa. De madrugada, só ficam dois de plantão. Um se deita e outro fica ali fazendo de conta que está vigiando. Na verdade, o sacana fica com o rabo arrochado na cadeira, mais dormindo que acordado, fingindo que cuida a estrada. Não sai do lugarzinho dele nem pra mijar. É por isso que eu cruzo por aqui sempre nesta mesma hora. Tem anos já que eu atravesso carne e nunca me pegaram. Agora, se o senhor me pergunta se eu faço isso porque preciso, eu lhe digo que sim. É desse jeito que ganho meus trocados. Mas tem uma coisa mais importante: eu mato bicho sem licença porque não gosto de governo. Acho que o homem tem que ser livre. Quem tem vaca que mate se quiser. Quem quiser comprar que compre se puder. Se morrer envenenado, melhor. É menos gente pra cagar depois. Frigorífico só existe é pra escravizar os empregados e pra aumentar o preço da carne. Tinha é que botar uma bomba atômica em tudo quanto é frigorífico. Eu só trabalho pra gente decente, que cuida bem dos seus bichos. As pessoas me procuram, mas eu não atendo a todos, não. Escolho. A maioria é pobre que não quer sustentar a cambada do governo. O cidadão chega na minha casa e me diz: "seu Zezinho, tô precisando vender uma carninha pra pagar as contas". Se não conheço o indivíduo, eu vou até a chácara dele e vejo como é que ele trata a bicharada. Se ele traz tudo limpo, topo. Pra quem é que essa gente pobre aí, que tem meia dúzia de vacas, vai vender os seus animais? Pro frigorífico? Eles não aceitam. Mandam a pessoa se esfregar nas tunas.

Depois do discurso mastigado com raiva, o dono do caminhão, de beiço espichado, recolheu-se a um silêncio ressentido.

## Filme

Ao chegarem a um trevo iluminado, onde uma grande placa anunciava a praia a dez quilômetros, entraram à direita. Caíram numa estradinha estreita e esburacada e o motorista foi obrigado a reduzir a velocidade.

O velho passou a mão carinhosamente pelo rosto do neto e, em voz baixa, com a boca junto ao ouvido dele, perguntou-lhe se estava com sono.

O guri, que tinha o rosto iluminado pela luz fraca do painel do veículo, negou com um gesto de cabeça.

*Pirralho danado, nada escapa dele!*

Quando conversassem a respeito daquela epopeia, depois, certamente o piá falaria da barbaridade de coisas que lhe haviam chamado a atenção durante a viagem. Repetiria tudo o que lera escrito nas placas da rodovia, descreveria as construções esquisitas que vira à beira da estrada, diria nomes estrambóticos de bares e de comércios e saberia as marcas de todos aqueles caminhões.

Então as casas foram ficando mais próximas umas das outras. Apareceu um primeiro sobrado. O caminhão passou pelo pórtico que indicava o início da zona urbana do balneário. A partir dali quase não havia mais lotes vazios entre as casas. Na primeira esquina depois de um posto de gasolina, seu Zezinho enfiou o caminhão por uma ruazinha de terra.

*Na hora eu saquei que ele preferia rodar pelas ruas mais afastadas do centro porque, afinal de contas, era um contrabandista.*

Depois de percorrer duas quadras, o homenzinho

freou o caminhão rente ao tronco de uma árvore de copa folhuda, no ponto mais escuro da rua. Desligado o motor e apagadas as luzes, ele passou a tamborilar com a ponta dos dedos no volante.

Olhos arregalados, o menino ora mirava o retrovisor da cabine, que estava diante dele, ora espiava pelas janelas. O velho pegou a mão suada do neto.

*O guri estava se sentindo num filme americano.*

Fulgêncio até pensou em perguntar ao motorista o porquê daquele mistério todo, mas, ressabiado com a grosseria dele, não destravou a língua.

Pouco depois, pelo retrovisor, o velho e seu neto viram surgir duas camionetes de faróis apagados.

Tenso, com meio corpo para fora do caminhão, seu Zezinho acompanhou a aproximação em marcha lenta dos dois veículos, que estacionaram ao lado do caminhão, um atrás do outro. Quatro homens desembarcaram. Dois deles escalaram rapidamente a carroceria do caminhão, enquanto os outros subiam para a parte de trás das camionetes.

Seu Zezinho juntou-se aos que haviam subido para o caminhão e, com a ajuda deles, recolheu a lona. Em seguida, enquanto movimentava com gestos enérgicos as caixas de verduras, apontou os blocos de carne que cada um dos sujeitos deveria repassar ao seu companheiro que havia permanecido na camionete.

*E se me surge a polícia naquele momento?*

O coração do velho agitou-se. Ele, que sempre fora um sujeito de respeito, estava metido em sua terceira patifaria daquela noite.

*Veja como são as coisas! Primeiro foi o roubo das mercadorias do gordo de cavanhaque. Depois teve a fuga do hospital. E, pra fechar, aquele contrabando de carne.*

A operação de descarga, que durou poucos minutos, se encerrou quando os homens que haviam permanecido nas camionetes entregaram alguma coisa ao motorista do caminhão.

— Deve ser o pagamento, vô.

## Fora!

Depois de estender a lona por cima da carga restante, seu Zezinho voltou à cabine e, ofegante, anunciou:

— Agora vou deixar vocês perto da praia. Depois, entrego as verduras.

O guri bocejou forte.

*Passada a peripécia, o piá estava morto de sono.*

Ele próprio, Fulgêncio, sentia os olhos ardidos, mas não estava com sono. Tirara uma boa pestana na casa do jardineiro. Frio no corpo, também não acusava. Nunca vestia roupas grossas, mesmo no auge do inverno.

*Mas eu estava com os cascos encarangados. É o meu ponto fraco.*

Bateu os pés para espantar o frio.

O negócio era aguentar mais um pouco porque estava nascendo o dia em que conheceriam o mar.

Ora, se conseguira chegar até ali ainda no escuro, tinha de tocar o barco até o fim, ou seja, até o momento em que os olhos do guri vissem o brilho do Sol na água.

De repente, seu Zezinho cravou o pé no freio e o caminhão se deteve em meio a um chiado de engrenagens.

— Fora! Vamos saltando logo que eu não tenho tempo a perder.

Com o veículo de motor ligado, o homem mais uma vez subiu à carroceria, de onde lançou para fora, por cima da grade, o carrinho.

O velho passou uma mão pelas costas do neto e a outra por baixo das pernas dele e o puxou delicadamente para si. Mesmo com medo de ser xingado pelo baixinho, não se afobou. Vagarosamente foi trazendo o guri para a beirada do banco.

— Vamos logo! Tenho mais o que fazer!

— Calma, calma que o piá tá operado! — disse o velho, e surpreendeu-se com o tom imperioso da sua própria voz.

Já com os pés no estribo, olhou para trás e viu, iluminado pela luz da Lua, o contrabandista com os braços estendidos. Foi graças à ajuda dele que pôde descer com tranquilidade do caminhão. Colocou então o guri no carrinho.

O motorista apontou para um ponto qualquer à frente deles:

— A passagem para o mar é por ali. Agora, o senhor se vire sozinho.

O homenzinho entrou no veículo pela porta do carona, que bateu atrás de si. Instalou-se diante da direção e de imediato arrancou.

## Escuridão

O velho ajeitou o cobertor em torno do corpo do neto, que cabeceava:

— Vô, o senhor sabe pra onde vai a escuridão?

— O quê?

— A escuridão da noite, vai pra onde?

Abaixou-se até perto do rosto do menino, mas não conseguiu ver-lhe as feições.

— Lá vem tu com as tuas manias! Isso é hora de fazer pergunta?

Arrependeu-se logo de ter ralhado com o pobrezinho. Descontava nele o fato de ter engolido sapos enquanto estivera por perto daquele baixinho de boca suja.

— A escuridão...

Comoveu-se. Muito fraca, a voz do guri acusava o sacrifício daquela aventura insensata.

Beijou o neto na testa.

— A escuridão não vai pra lado nenhum, meu filho. Ela simplesmente se desmancha.

— Desmancha nada! Quando o dia vem pra cá, ela vai pra outro lugar. Sempre, o tempo todo, tem um lugar escuro na face da Terra.

Passou a mão pela cabeça do menino para sentir-lhe a temperatura.

— Tu e as tuas histórias! Fica quietinho.

— Uma vez eu vi o dia nascer. Acordei mais cedo, sem sono, e fui pra porta da cozinha. O dia chega bem devagarinho e vai empurrando a escuridão. De repente ela tinha ido embora e eu nem notei.

— Guri, de onde é que tu me desencava esses pensamentos?

Como o neto não respondesse, ergueu o rosto. No ponto indicado pelo motorista viu um negrume só. À sua direita havia uma muralha de areia de uns tantos metros de altura. Deviam ser as tais dunas de que falavam tanto. À esquerda pôde ver a primeira linha de edifícios do balneário.

Foi difícil arrancar com o carrinho. A areia naquele ponto era muito fofa. Meteu uma das rodas da frente por cima do risco deixado pelo pneu do caminhão, mas aquilo não lhe adiantou muito porque logo perdeu o rastro. O carrinho travou.

Quantos metros até a passagem que os levaria ao mar?

O contrabandista de carne dissera que já no caminho que cortava pelo meio das dunas eles dariam de cara com o oceano.

Doía-lhe o corpo todo. Suas juntas haviam enferrujado nas horas passadas no banquinho do jardineiro e ainda mais na viagem de caminhão.

Lembrou com saudade do tempo em que não sentia dor nenhuma. Labutava da manhã à noite, pegando no pesado, mas no dia seguinte, quando levantava, estava novo de verdade.

Nos últimos tempos, porém, o corpo pegara a sentir. De manhã, ao deixar a cama, acusava umas fincadas dolorosas nos joelhos. Isso sem falar na dor na base da espinha, que era permanente. Naquele momento ali, na praia, doía-lhe tudo de uma vez só, do calcanhar ao pescoço.

Mas faltava pouco, precisava aguentar no osso do peito.

## Maresia

De repente, tão perto de sua meta, o velho teve medo de fracassar.

E se fosse apanhado pela polícia com o pé na areia da praia?

Esse era um receio que tinha fundamento porque, quase certamente, o pessoal do hospital devia ter avisado a polícia da fuga deles.

Por seu lado, a polícia não teria dado um alerta às emissoras de rádio das cidades da volta?

Possível que sim.

Notou que no edifício mais próximo, que era muito alto, havia luz em apenas duas janelas. Perguntou-se o quanto de gente moraria ali. Ouvira dizer que a maioria das pessoas residia na cidade e que só vinha até a praia nos verões.

*Que desperdício! Para que ter duas casas? E as despesas, então!*

Na portaria iluminada do edifício avistou um sujeito fardado.

*Gente que trabalha de madrugada não se aguenta sem radinho.*

Seria possível que aquele vivente tivesse ouvido uma notícia sobre a fuga deles do hospital?

Sim, era possível.

Mas e daí?

Nunca na vida aquele porteiro poderia imaginar que eles — avô e neto — estavam, naquele exato momento, ali, bem pertinho dele.

Empurrou o carrinho com força, mas avançou por uns poucos metros e teve de estacar mais uma vez.

*A areia dali era um grude.*

Já podia sentir uma catinga enjoativa, gosmenta, que chegava empurrada por uma lufada de vento. Devia ser aquilo que chamavam de maresia.

Começou então a cair uma garoa morrinhenta.

O velho ajeitou o cobertor de modo a cobrir com ele a cabeça do neto, que estava ferrado no sono. Sorriu ao imaginar a cara de espanto que o guri faria ao ver o mar.

*Decidi que só ia acordar o piá no exato momento em que a primeira pontinha do Sol se apresentasse acima da linha d'água.*

## Reza

O velho ergueu o rosto para o céu escuro e observou com atenção os contornos de uma grande nuvem delineados pela luz da Lua que vinha por trás dela. Aquela nuvem se parecia com um navio, um navio de piratas.

Como estava com sede, abriu a boca e deixou que aquela chuvinha de nada lhe molhasse os lábios.

Depois, abaixou-se sobre o carrinho e apertou a manta contra o pescoço do guri. Temia que ele se constipasse.

Precisava ir em frente, mas se manteve imóvel por mais um tempo. Com as mãos na cintura, voltou-se na direção do edifício. Viu que o sujeito da cabina envidraçada, de braço dobrado, mantinha a mão junto ao ouvido esquerdo.

*Tiro e queda: o guarda estava escutando um radinho.*

Lamentou não estar com o seu. Era quase a hora da Ave-Maria. Mesmo sendo pagão, gostava daquela reza. "O fruto do vosso ventre." Não apreciava muito a palavra ventre, mas se tinha uma que ele achava bonita era a palavra fruto. "O fruto do vosso ventre."

*Não conheço locutor que tenha uma voz tão bonita quanto o cara da Ave-Maria. É um trovão de veludo.*

Uma vez, na rua, ouvira alguém dizer que o sujeito que irradiava a Ave-Maria era um baita de um maconheiro. Que fizera aquela gravação sob efeito da droga. Recusou-se a acreditar, mas, como era velho, sabia que tudo é possível neste mundo. Podia até ser verdade, mas o certo é que, quando o elemento orava, as pessoas ficavam com pele de galinha. Ele próprio se quedava de olho marejado.

*Sou meio frouxo pra essas coisas de reza.*

Logo depois da Ave-Maria entraria o primeiro noticiário. Era o momento em que, em casa, estaria preparando o chimarrão. Escutaria sem prestar muita atenção, porque na maioria eram avisos para gente que vivia nas grotas: notícias de parentes hospitalizados na cidade, de venda de animais, consertos de camionetes. Gostava mesmo era do programa das oito horas: *A ronda das delegacias*, na voz poderosa de João Garcia. "O infrator foi a óbito por motivo fútil." Cada frase de encher a boca. *A ronda das delegacias*, aquilo sim é que era programa. "Os cidadãos de bem vivem confinados atrás de grades das suas residências enquanto os delinquentes correm impunes pelas ruas do nosso município."

## Tormenta

Depois de uma nova arrancada, que o deixou resfolegante, alcançou a passagem entre as dunas.

*Embiquei o carrinho na reta do mar, mas não fui longe.*

Uma poderosa lufada o fez parar.

*Ali, sim, pela primeira vez na vida, eu senti o que é a fúria do vento.*

Reiniciou a marcha em seguida.

*Que tormenta!*

Para opor menor resistência à ventania, inclinou-se tanto que sua testa roçou o alto do cobertor.

*Era preciso muito muque pra rodar naquele areião.*

Deteve-se uma outra vez, esgotado, com as mãos segurando o guidão do carrinho, a cabeça caída entre os braços, o corpo vergado, as pernas vacilantes.

*Eu praticamente me dobrei em dois.*

Enquanto tomava alento, contemplou a escuridão a sua frente.

*Era um negrume de assustar.*

O mar era uma superfície imensa, de um cinza

quase preto, que se movia sem parar nos pontos em que era atingida pelos raios que conseguiam furar as nuvens. Era uma coisa bonita de se ver, mas assustadora também.

*O jardineiro me disse que não tinha se impressionado com o mar, mas eu levei um coice. Era água que não se acabava mais.*

Não pôde se demorar muito no exame daquele cenário porque uma violenta rajada de vento o forçou a fechar os olhos. Irritou-se com as agulhadas dos finos grãos de areia que recebeu na cara, mas teve de reconhecer: aquilo, sim, era um colosso! Aquela potência que lhe gelava a fuça, que o empurrava para trás, que zunia nos seus ouvidos e que o obrigara a fechar os olhos impunha consideração.

*Era ventania pra não se botar defeito!*

Mais uma vez tomou posição por trás do carrinho. Agarrou com firmeza o guidão. Pronto. Só mais um esforço, o último. Antes de partir, porém, decidiu contar as passadas que daria até a água para mais tarde, quando contasse aquela história a alguém, poder dizer o seguinte: desde o momento em que vi o mar até o momento em que meti meu pé nele foram tantos passos.

*Só fiquei dois anos na escola. Eu já era burro velho, tinha uns nove anos, quando fui matriculado. Foi na época em que a gente veio morar na cidade. Eu tinha vergonha de ficar na sala dos pequenos. Mas tem uma coisa: sempre gostei de tabuada. Sei fazer continhas de mais e de menos.*

Arrancou outra vez.

Já bem pertinho da água, o chão melhorou porque a areia ali era mais socada. Avançou uns metros sem problema, mas, de repente, o carrinho travou de vez. As rodas estavam enterradas na areia que as ondas revolviam. Parou de contar. Endireitou o corpo.

## Maravilha

À espera do primeiro sinal de luz, tendo diante dos olhos o mar que se agitava sem cessar e recebendo na face os golpes do vento furioso, o velho sentiu mais do que nunca sua pequenez.

*Ali eu era um nada.*

Aferrou-se ao carrinho.

*Se eu bobeio, o vento me derrubava na areia.*

Nunca confessara ao neto, mas a verdade é que tinha um medo louco do mar. Ouvira dizer que uma pessoa, mesmo que na beirada, se não firmasse bem o pé, podia ser puxada pelas ondas traiçoeiras. Sim, traiçoeiras, porque chegavam de mansinho, mas que logo davam de volta com muita força.

*Barulheira danada: parecia que o mar e o vento lutavam pra ver quem gritava mais alto.*

Com um olhar atento, varreu o cenário de ponta a ponta.

*Em que exato ponto se alevantaria o Sol? Eu tinha que ficar de olho vivo.*

Quando uma onda estourava, ele sentia a fedentina pegajosa do mar, mas ela já não lhe parecia mais tão nauseante.

*A gente se acostuma logo com aquele bodum.*

Como era um sujeito meio desinquieto, que não conseguia ficar muito tempo parado no mesmo lugar, que tinha bicho-carpinteiro pelo corpo, resolveu entrar um pouco com o carrinho para dentro do mar de jeito que o guri pudesse pegar a água com a mão.

*Eu queria que ele tocasse o mar com as pontas dos dedos pra provar se a água era mesmo salgada.*

Aí, com a força que ainda lhe restava, e que não era muita, o velho ergueu o carrinho com o guri e entrou mar adentro.

*Graças a Deus o vento me deu folga naquela hora e eu pude dar uma meia dúzia de passos.*

Onde parou a água quase roçava a parte do carrinho sobre a qual o guri estava sentado.

Exausto, tentando pôr em ordem a respiração, levantou o rosto. Empolgou-se ao perceber que uma fina faixa de luz cinzenta surgia lá no final, bem diante dele, justo onde o mar acabava. Tinha de se aprumar logo. Sabia que o Sol sai de uma vez. Com dedos trêmulos e fracos, abriu a ponta do cobertor. Seu neto estava dormindo.

— Acorda, guri!

Pena que estava sem forças para gritar mais forte.

Ergueu de novo o olhar. Por baixo da faixa cinzenta, viu um fino risco vermelho.

— Olha só que maravilha!

Como que por milagre, a força voltou-lhe aos braços e ele pegou o neto no colo. Não podia ver o rosto do menino, mas imaginou que ele devia estar com os olhos bem arregalados observando a rápida ascensão do pequeno disco vermelho.

— Passa a mão na água!

Só depois de ter dito essas palavras é que se lembrou de que o guri estava manietado pelo cobertor. Burro! Era mesmo um velho estúpido. Esquecera de livrar o braço do piá.

Mas pelo menos ele devia estar apreciando aquele espetáculo maravilhoso: o mar que se rebolava sem parar e o Sol que se levantava ligeiro que era uma coisa séria.

*A pena mesmo é que eu não tirei a mão dele pra fora...*

# Passos

— Contei certinho — disse o velho.— Foram cinquenta e dois passos até a beira da água.

Geralmente escrevo a partir de um acontecimento que me impressionou, de um texto que li ou de alguma ideia que me veio de repente, mas *Estava nascendo o dia em que conheceriam o mar* surgiu de uma imagem.

Certa noite, no começo de 2005, num sonho, eu vi, lado a lado, as silhuetas de um velho e de um menino observando o nascimento do Sol. Decidi então que iria narrar os fatos que os levaram a estar ali, naquele momento.

Para escrever um livro, antes de mais nada, preciso saber quem vai contar a história. E nunca sou eu, o autor. Sempre repasso essa tarefa a outra pessoa. Imaginária, claro.

Assim, meus textos são narrados ora por meninos, ora por velhos, ora por garotas, ora por mulheres. Uns desses meus narradores são brincalhões; outros, mal-humorados; uns são ingênuos; outros, espertalhões; uns são otimistas; outros, amargos e pessimistas.

Pois bem, quem começou a narrar este livro foi o velho. Um homem humilde e generoso.

Pouco mais de um ano depois, em maio de 2006, essa história havia crescido bastante: estava com 16 mil palavras. Sim, leitores, tenho a mania de anotar o número de palavras que escrevo por dia.

De repente, o livro travou. Eu não estava dando conta de escrevê-lo com a linguagem daquele velho porque, tendo nascido no campo, ele falava um gauchês que eu não domino.

Para vencer o problema, resolvi passar a tarefa a outro narrador: um homem culto, de alta classe média, que recentemente havia terminado um tratamento bem-sucedido contra uma doença grave. Por esse motivo, ele seria capaz de compreender o drama de Fulgêncio. E de reproduzi-lo depois, com a ajuda de frases pronunciadas pelo velho.

Por conta da troca de narrador, o texto ficou no estaleiro por cerca de dois anos.

Em 12 de maio de 2008, eu o retomei, e um mês depois ele chegava a 26 mil palavras e já era o embrião do livro que agora você tem em mãos. A partir dali, por dois anos e meio trabalhei nessa primeira versão. Desmontei o livro e misturei os capítulos. Tirei-os da ordem cronológica. E esparramei entre eles pedaços da história do novo narrador. Sempre cortando, acrescentando, retocando, polindo frases e limando diálogos. Por fim, voltei à ordem cronológica e joguei fora a história do narrador.

Em janeiro de 2011, depois de mais de duas dezenas de versões, considerei que o livro estava pronto para publicação.

Portanto, durante seis anos convivi com o velho e com seu neto. Escutei as conversas entre eles. Acompanhei-os na sua longa viagem através da escuridão. Levei-os até a praia batida pelo vento furioso e deixei-os por lá, onde permanecerão para sempre diante do mar cinzento e do Sol que mais uma vez surge, vermelho, no horizonte.

*Lourenço Cazarré*

## Sobre o ilustrador

Murilo Silva nasceu em Vitória de Santo Antão, Pernambuco. Ilustrador editorial desde 1995, começou a carreira na redação dos jornais *Diário de Pernambuco* e *Jornal do Commercio*, em Recife. Atualmente reside em São Paulo. Além de ilustrar publicações das principais editoras do país, desenvolve trabalhos de design e animação, sendo a xilogravura sua técnica preferida. Para descontrair, é músico rabequista e anima uns bailes tocando seu forró de pé de serra.